長編旅情推理
書下ろし
旅行作家・茶屋次郎の事件簿

梓《あずさ》林《りん》太《た》郎《ろう》

安《あ》芸《き》広《ひろ》島《しま》　水《みず》の都《みやこ》の殺人《さつじん》

NON NOVEL

祥伝社

目次

装幀／かとう みつひこ
カバーフォト／株式会社 アフロ
本文写真／編集部

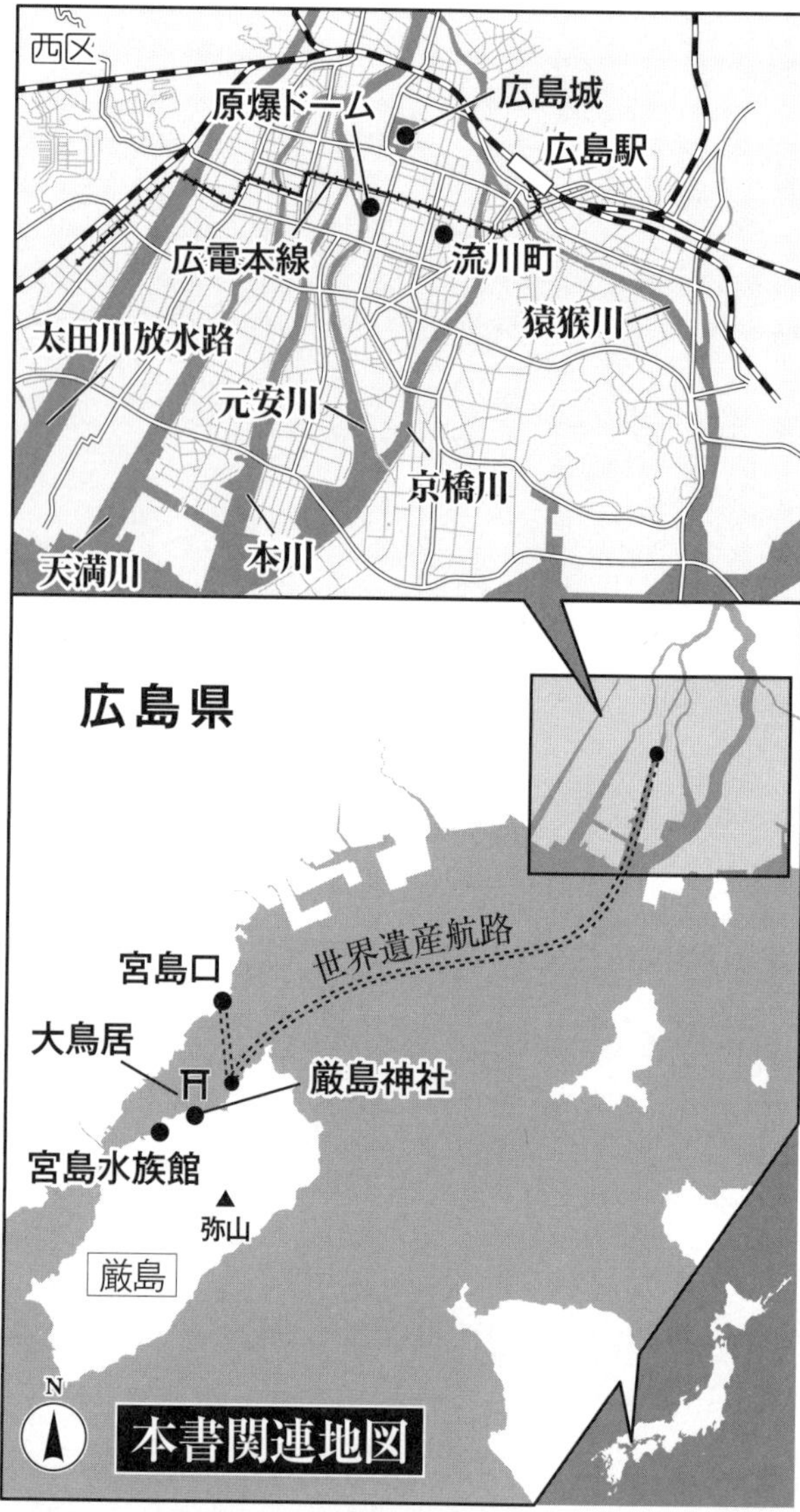
西区
原爆ドーム
広島城
広島駅
広電本線
流川町
猿猴川
太田川放水路
元安川
京橋川
天満川
本川
広島県
世界遺産航路
宮島口
大鳥居
厳島神社
宮島水族館
弥山
厳島
N
本書関連地図

一章　紅《あか》い灯《ひ》　黒い火

1

茶屋次郎《ちややじろう》事務所は、渋谷《しぶや》駅ハチ公口から歩いて六分の道玄坂《どうげんざか》沿いの古いビルにある。徒歩六分だが、そのうちの三分は、駅前の人混みをかき分けるのに要する労力だ。

エアコンが低く唸《うな》っている事務所で、きょうは茶屋次郎が取材を受けている。

取材に訪れているのは、旅行雑誌「旅の空」編集部の高峰《たかみね》遥《はるか》と、カメラマンの遠野《とおの》草男《くさお》。

茶屋事務所の秘書のサヨコは、茶屋が新聞や雑誌のインタビューに応じるのに慣れているので、パソコンの画面をにらんで椅子《いす》を立とうとしなかった。彼女の本名は江原《えばら》小夜子《さよこ》、二十六歳だ。高峰遥は二年前にも茶屋の談話を取りにやってきたが、その時はパソコンの前にすわっているサヨコを見ると、茶屋への挨拶《あいさつ》を忘れ、バッグからコンパクトカメラを取り出すと、サヨコの横顔を狙《ねら》った。

断わりもせずにレンズを向けた遥もだが、サヨコのほうも嫌な顔をせず、両手を動かしつづけ、二、三分経《た》つと立ち上がって、遥に向かってにこりとした。

「旅の空」にはサヨコの写真が載った。「旅の空」は急遽《きゅうきょ》特集を組み直し、［オフィスレディ］と題して、五社か六社の勤めている若い女性の写真を載せた。

雑誌に掲載されたサヨコの写真を見た読者から、「茶屋次郎氏の秘書とあるが、私的な間柄《あいだがら》なのか」「茶屋氏は旅行作家だが、取材旅行には秘書をともなうのか」といった問い合わせが五十件ほどあって、遥をクサらせた。

　サヨコの身長は一六二センチ。Ｂ八三、Ｗ五七、Ｈ八五で、血液型はＡＢ型である。

　彼女が渋谷の公園通りや井《い》の頭《かしら》通りを歩いていると、立ちどまって、しばらく彼女を見ている男性が何人もいる。ついこのあいだは、車を運転しながら彼女を認めて、急にブレーキを踏み、後続車に追突された五十代の男がいた。美形にして頭脳明晰《めいせき》といきたいところだが、ムラ気な点は、晴天と雨天ぐらい明瞭《めいりょう》。

　もう一人秘書がいる。愛称はハルマキ。彼女にも本名があって春川真紀《はるかわまき》、二十五歳。身長は一五八センチ。サイズは上から八四、五九、八七。血液型はＯ型。色白の丸顔だ。

　きょうのハルマキは、遥と遠野に濃いめに立てたコーヒーを出すと、サヨコの後ろに立って、インタビュアー高峰遥を観察するように見ている。頬が丸くて目つきはいくぶん眠たそうだ。だが、きょうの遥のラクダ色と黒のボーダーのワンピースに、目を奪われているようだ。

「旅の空」の本日の目的は、「好きな日本の風景・十選」である。

　遠野は、しゃがんだり這《は》ったりして、茶屋の表情をさかんに撮った。

「じゃ、お願いします。茶屋次郎先生の好きな日本の風景、十選」

　遥はそういって、小型レコーダーを茶屋との中間に置き、ノートにペンを構えた。

「北海道からいこう」

「どうぞ」

「野付《のつけ》の尾岱沼《おだいとう》。四季を通じて絵になるが、とくに冬がいい。まるでべつの天体にいるような気分になる」

　遥はそこを知っているのか知らないのか、茶屋のいうべつの天体の意味が不明なのか、首をかしげた。

「次は、浜中《はまなか》の霧多布《きりたっぷ》。あそこは夜がいい。琵琶瀬《びわせ》湾を半島が囲んでいて、湾には嶮暮帰《けんぼっき》島が浮かんでいる。深夜その島の背中側に幾艘《いくそう》ものイカ釣り船が出ていて漁火《いさりび》を焚《た》く。島はその火に焙《あぶ》られて、黒い影絵になるんだ」

「霧多布っていう地名もいいですね」

「夜が明けるころ島は、海霧の幕に閉ざされているが、日の出とともに灰色の島影があらわれる」

「いってみたい」

彼女は、ペンを走らせながらいった。

「それから、函館《はこだて》山からの夜景と、海へ真《ま》っ直《す》ぐ延びる坂道」

「坂道は何本もありますね。教会もあるし。……先生、北海道が多いですね」

「次は、富山の八尾《やつお》。古風な軒を並べた風の盆の町だ」

「テレビで観ました。女性は編み笠を深くかぶって、ゆかたに黒い帯を締めて、ゆったりとした曲に合わせて踊っている姿。いつまでも見ていたかった。踊るのは、夜でしたね」

「それから、京都・宮津《みやづ》の天《あま》の橋立《はしだて》。海に橋を架けたような奇妙な地形だ」

「日本三景の一つです。六番目はどこでしょう？」

「世界遺産になっている石見銀山《いわみぎんざん》を挙げたいな」

「島根県太田《おおだ》市」

パソコンの前のサヨコが、くしゃみをした。その拍子になにかを落としたらしい。

「山の岩壁に、暗い穴がいくつも」

「それ、美しい風景ではありませんね」

「私の好きな風景といったじゃないか」

「そうでした。景勝地じゃなかったです。失礼しました」

「次は、石垣だけが遺《のこ》っている山城」

「兵庫県和田山《わだやま》の竹田《たけだ》城跡でしょ？」

「そう。雲海の上に浮かぶ石垣。とうに役目を終えたいまでも、美しい。……次は、鞆ノ浦《とものうら》」

「広島県福山市《ふくやま》でしたね」

「瀬戸内海には数えきれないほどの島があるけど、鞆ノ浦の風景を最初に見たときは、絵を見ているようで、自然だということが信じられなかった」

ドアに控えめのノックがあった。ハルマキがドアを開けた。女性が小さな声で話していた。

「先生。信州を一か所挙げてください。上高地《かみこうち》でも、安曇野《あづみの》でも」

遥にそういわれて思いついたのが、黒部《くろべ》だった。茶屋が黒部峡谷《きょうこく》を語ろうとしたところへ、ハルマキが、

「先生にどうしてもお会いしたいといって、広島からおいでになった方です」

ドアを入ったところに立っている女性は地味な服装に見えた。用件は分からないが、茶屋の書いたものを読んだ人だという。

茶屋は、待っていてもらいなさいと、ハルマキにいった。

「黒四《くろよん》ダムですか？」

遥は、こちらの仕事に集中してもらいたいといういいかたをした。

「黒部川の深い谷だよ。山また山をくり抜いて、よくぞあんな巨大なダムを造ったものだ。水力発電のダムが一大観光地になっているのは、黒四ダムだけだそうだよ」

「ダムに着くまでに、何回も乗り物を乗り替える。あれは子どももよろこぶし、楽しい旅になりますね」

十番目には、阿蘇《あそ》五山を取り巻く外輪山の最高峰である大観峰《だいかんぼう》からの雄大な眺望を挙げた。

遥は、ぜひとも訪ねたいと考えているところは阿蘇だといいながら、ノートやレコーダーを大きめのバッグへ収めた。遠野は、三脚やライトを音をたてて片付けた。

遥は、パイプ椅子に腰掛けて俯《うつむ》いている女性の素《す》性《じょう》を、推《お》しはかるように見てから出ていった。

ハルマキは、茶屋の正面のソファにすわった女性には紅茶を出した。女性は、茶屋にもハルマキにも頭を下げた。女性は二十代だろうが、主婦でも会社員でもなさそうに見えた。名刺を出さなかった。それを使うような職業ではないのだろう。彼女は、茶屋の顔をあらためて見てから、やや伏し目になって、細谷《ほそたに》水砂《みさ》という名で、二十六歳だと名乗った。薄い茶色にオレンジ色を混ぜたような色の眉《まゆ》をやや長く描いている。

サヨコは、自分と同い歳だったからか、上半身をかたむけて名乗った女性に注目した。クリーム色のシャツに黒のパンツという地味な身なりの女性が、どんな用事を携《たずさ》えてきたのかを、さぐっているようだった。

茶屋は彼女に紅茶をすすめると、

「広島からおいでになったそうですね」

と、薄く染めている髪を見ながら訊いた。

「宮島《みやじま》の旅館に勤めています」

「世界遺産の安芸《あき》の宮島ですか。それはいいところにお勤めですね。厳島《いつくしま》神社を参詣《さんけい》する人や観光客で、一年中忙しいのでは」

「はい。全国から修学旅行の生徒さんも、大勢おいでになります」

茶屋は、宮島を夏と冬の二回訪ねている。最初は夏で、大岩をくぐって弥山《みせん》山頂へ登り、瀬戸内海の絶景を堪能した。十年ほど前のことだ。

細谷水砂はベージュのバッグから水色のハンカチを取り出した。それはきちんとたたまれていた。

茶屋は、彼女が用件を切り出すのを待った。

彼女は右手に持ったハンカチで鼻のあたりを押さえたあと、左手でシャツのボタンをつまんだ。用件を切り出す前の心がまえのようである。

「じつはわたし……」

彼女は思い切ったようないいかたをしたが、唾《つば》を呑み込むように顎《あご》を動かした。「今年の春まで、服《ふく》役《えき》していました」

兵役ではなかろうから、犯罪人として刑務所に入っていたということだろう。茶屋はこういう女性の訪問を受けたのは初めてだ。サヨコもハルマキも、若い女性の「服役」という言葉を聞いたので、ぱっちりと目を開け、耳をそばだてているにちがいない。

「何年もですか？」

「七年近くです」

七年前といったら、彼女は十九歳ではないか。未成年が七年近くも服役したことに、茶屋は驚いて、彼女の顔と薄い化粧を見直したが、腰が引けている自分に気付いた。

水砂は、ハンカチをきつくにぎった。

「わたしの話を、聞いてくださいますか？」

そういった彼女は、茶屋の顔を射るような目をした。

「どうぞ話してください」

宮島からだと船と列車、そして山陽《さんよう》新幹線への乗り継ぎがスムーズにできたとしても、最低五時間はかかったはずだ。旅館に勤めているというから、仕事を休んだのだろう。そういう人が初対面の茶屋に、話を聞いて欲しいといった。茶屋のほうが身がまえずにはいられなかった。

「わたしは、母を殺した罪で、刑務所へ入れられました」

彼女の瞳がきらりと光った。涙ではなく、怒りの色だった。

2

細谷水砂は、母殺しの罪で服役し、三か月前の四月、刑期を終えて出所した。

十九歳だった彼女は、実母殺しの容疑で逮捕され、起訴され、裁判で放火と殺人罪の実刑をいい渡された。逮捕されたときから、『わたしは放火もしていないし、殺《や》っていない』といいつづけたが、取り調べにあたった刑事も、検事も、そして裁判官も、確たる証拠があるとして、彼女の供述は取り上げられなかった。弁護士には、『証拠が挙がっているのだから、あなたの無実の主張は通らない。殺っていないというが、殺っていない証拠、つまりお母さんが死亡したとき、少なくとも数十キロメートルはなれた場所にいたという確実な証拠がないかぎり、無実にはならない。無実をいい張るだけ、裁判官の心証を悪くしている』といわれた。

彼女は、警察も検察も裁判所も、そして弁護士も、一本の糸でつながっているのを知った。警察官が特定の一人を、事件の犯人とみて、ひとたび手錠を掛けたら、あとはベルトコンベアに乗せられた荷物となって、いくところまで連れていかれるものということを知った。

彼女は、七年近くのあいだ、歯を食いしばってシャバに出る日を待った。

「わたしは、広島市中区《なか》の本川町《ほんかわちよう》というところで生まれました。太田川《おおた》に架かる空鞘橋《そらざや》の近くです。隣は寺町《てらまち》といって、お寺がたくさんあって、お彼岸《ひがん》やお盆には風がお線香の匂いを運んできました」

中学のとき、両親が離婚した。正式に離婚したのではなく、父が家に帰ってこなくなった。母は、父が帰宅しない理由を知っていたようだが、住所は分からないといっていた。

水砂は、母との二人暮らしになったが、高校二年のとき家出した。母に無断で行方《ゆくえ》不明になったのではない。母との暮らしが嫌になったので、市内で独《ひと》り暮らしをはじめた。同時に不登校になり、学業放棄で自然退学。食べていくために、年齢を偽《いつわ》って水商売で働いた。のちにこの家庭環境と経歴が仇《あだ》になった。

東北で刑期を終えた。広島の保護司が迎えにきてくれ、その人とともに広島へもどった。

保護司は、梁部《やなべ》説休《せっきゅう》という名で、南区《みなみ》段原《だんばら》の浄《じょう》開寺《かいじ》の住職。

水砂は、暮らしのメドがつくまでのあいだ、庫裏《くり》の一室に起居することになった。

彼女は、「社会復帰」の目的で、毎日、街を歩くことにした。梁部は、『生活のためには、水商売で働くのが、最も早道だとあんたは思っているだろうが、事件前のことを考えて、二度とキャバクラやスナックでは働かないほうがいい』といって、彼が勤め先を紹介することを約束した。

水砂は梁部の話を聞いて、彼のすすめにしたがうことにした。しかし、彼女にとっての社会復帰とは、母殺し事件の無実の証拠をさがすこと。すなわち、母を殺した真犯人を見つけることだった。

広島市中心部に近い京橋《きょうばし》川に面したビルで探偵社の看板を見つけたので、そこへ相談にいった。

黒縁《くろぶち》メガネに黒い髭《ひげ》をたくわえた所長が、熱心そうに話を聞いてくれた。

『その事件なら憶《おぼ》えていますよ。市内の繁華街にあるホテルが火事になって、焼跡から、たしか二人の遺体が見つかったが、その火事は放火だったと』

『そうです。放火したのが、わたしだということにされて、裁判で……』

『そうでした。思い出しました。その事件の記事を新聞で読んだとき、十九歳の女性がはたして、ホテルに火をつけただろうかと、首をかしげたのを憶えています』

『裁判では、わたしが、ホテルに母が入ったのを見たので、近所の二軒の薬局で燃料用のアルコールを買って、それをホテルの床に撒《ま》いて、火をつけたということになったんです』

『あなたは、実刑をいい渡した裁判官を恨んでいるんですね？』

『わたしは、放火などしていません。ホテルに火をつけて、母を死なせた犯人をさがし出したいんです』

『事実無根だというんですね』

『捏造《ねつぞう》です。いつの間にか、母を憎んでいたわたしが、ラブホテルを利用している母を見て、かっとなり、それまで胸の奥に押し込んでいた怒りが爆発して、放火したということに』

『あなたは、無実を訴えましたか？』

『何度も、何度も、弁護士にも』

『裁判とは、そういうものなんです。事件を担当した刑事が、寝食を忘れたかどうかは分からないが、被害者の背景から被疑者を見つけ出した。詳しく調べていくと、被疑者から殺意が見えてきた。被害者を取り巻いている状況から、被疑者の犯行はまちがいない、と何人もが認めた。警察でつくられた調書を読んだ検事も、被疑者には殺害動機があったと解釈したし、経歴にも注目し、起訴に踏み切った。裁判官は、よくぞ被疑者を見つけ出して、自供に追い込んだと、警察官の労に報《むく》いたくなった。法廷へ連れてこられる人間は、実行行為だけでなく精神もゆがんでいて、世間の常識からもはずれ、学ぶべきことを学んでいない、と高い位置から見下ろしている。床を這って見上げようとしない。つまり法廷に引きずり出された人の一面しか見ていない。冤罪《えんざい》が生まれる原因です。それと裁判官には、汗を流した警察官や検事に恥をかかせたくないという、一種の思い遣《や》りがあるんです』

　所長は、警察官や検事や裁判官を叩くようないいかたをしてから、水砂が犯人ではないという証拠をさがす調査を、請負《うけお》わせてくれといった。真犯人にたどりつけるかはなんともいえないが、細谷水砂は犯人にはなりえないという証拠を、ひとつでも挙げられる自信があるといった。

　所長は、水砂の顔と服装をあらためて見てから、調査は案件の性質から成功報酬ということにさせてもらいたいので、着手金として二十万円用意して欲しいといった。

　水砂は一晩考えたうえ、調査依頼することにし、着手金を持って探偵社を訪ねた。預金を引き出したとき、小さな身震いを覚えたが、身の潔白を証明するためだと、自分にいい聞かせた。

「調査の報告は二週間後にありました。それがこれです」

水砂はバッグから二つ折りした茶封筒を取り出し、手の平で皺《しわ》を伸ばして茶屋の前へ置いた。

茶屋は、灰色の表紙の調査報告書を開いた。


[×年七月二日午後八時二十分ごろ、広島市中区流川町《ながれかわちょう》のホテル・セシールの一階付近から、黒い煙が噴き出ていると近くの人から一一九番通報があった。

消防車が駆けつけて消火にあたり、三十分ほどで鎮火した。燃えている間のホテルからは、宿泊者とみられる十人ほどが逃げ出してきたが、そのうちの一人の女性は道路で倒れ、救急車で病院へ運ばれた。のちに分かったが、その女性は畠山直美《はたけやまなおみ》さん(四十二歳)で、ホテル一階の受付兼事務室にいて、「急に炎と煙に包まれた」と語った。

同ホテルは、地下一階地上六階建て、二十九室。出火当時、六組の利用者が入っていた。そのうち、二階の隣合わせの部屋を利用していた女性と男性が遺体で発見された。

死亡したのは細谷容子《ようこ》さん(六十歳)と、前田正知《まえだまさとも》さん(四十四歳)。二人の死因は煙を吸ったことによるもの。

ホテルの受付兼事務室にいた畠山さんから、出火当時のもようを訊いたところ、「自動ドアの開く音がしたので、客だろうと思っていた。その人は女性で、しゃがむような格好をした。なにかを落としたので、床をさがしているのかと思っていたら、突然、廊下が燃え上がったし、黒い煙が立ちこめた。非常ベルが鳴り出したので事務室を飛び出した。一一九番通報しなくてはと思ったが、設置電話に手が届かなかったし、自分のスマートフォンが見つからなかった。一階は炎に包まれたように見えたので、道路へ這い出したが、息が苦しくて動けなくなった。意識がもどったときは病院のベッドだった。そこで警官から、客の二人が死亡したことと、客一人と、清掃係の男性従業員が怪我《けが》をしたのを知らされた。ホテルは、一階のほとんどと、二階の一部が焼けた。

警察と消防は、ホテル・セシールの火災を放火によるものと断定して、捜査した。その結果、同日午後八時から八時半ごろのあいだに、流川町と薬研堀《やげんぼり》の薬局で燃料用アルコール（５００ｍℓ）を買った女性がいたのを聞き込んだ。二か所の薬局では、燃料用アルコールを買ったのが女性だったのを憶えていた。

警察は死亡した二人の背景を調べた。その結果、細谷容子さんには十九歳の娘がいて、娘は流川町のスナックにホステスとして勤めていることが判明。二か所の薬局で燃料用アルコールを買った女性が若かったのを、両方の店の人は証言した。その女性が、ホテルの一階の床にアルコールを撒いて放火したものとにらんだ。

捜査の結果、細谷容子さんの娘は細谷水砂さんで、十九歳。彼女は容子さんと暮らしていたが、高校を中退。容子さんのもとをはなれて独り暮らしになり、堀川町《ほりかわちょう》のキャバクラ・チェリーチカへ、年齢を偽って就職、ホステスとして働いた。だが、客同士が水砂さんをめぐって店内で争いを起こしたので、それをきっかけに退職。直後に流川町のスナック・マリンバに就職。ホステスとして働いていた。

容子さんは、水砂さんが中学生のときに離婚した。その原因は、容子さんの男性関係という噂《うわさ》がある。離婚前も後も、彼女は無職。どうやら彼女には経済的支援をする男性がいたもよう。

ホテル・セシールが放火された午後八時ごろ、水砂さんが働いているマリンバには、客がいなかった。それで彼女は店の前の道路へ出て、客を呼び込もうとしていた。

そこから斜めに約六〇メートルの位置にセシールの出入口がある。そこへ容子さんが入っていくのを水砂さんは目撃した。その瞬間、怒りと恥ずかしさで、感情が激高し、容子さんに対する殺意が沸騰《ふっとう》、彼女を薬局へと走らせた。

二か所の薬局で燃料用アルコールを一本ずつ買い、それを隠し持って、ホテル・セシールの正面出入口を入り、受付兼事務室とエレベーター前の床にアルコールを撒き、喫煙《きつえん》のために持っていたライターで火をつけた。彼女はそこから逃げ出し、素知らぬ顔をして店にもどった。

彼女が、マリンバが入っているビルの前に立っていた姿、急に北方向へ駆けていった瞬間を、道路反対側の西原《にしはら》ビルに入っているクラブの店長（男性）と、スナックのホステスが目撃していた。二人は水砂さんの顔を何度も見て知っていた。あのときなぜ急に駆け出していったのかと思ったのも憶えている、と語っている。

ホテル・セシールの火災で亡くなったもう一人の前田正知さんは、細谷容子さんが利用した隣の部屋の客だった。部屋に遺されていた所持品の運転免許証から氏名や年齢が判明したのだが、免許証の住所には二年あまり前から住んでいなかった。

前田さんの同伴者の女性は、出火に早く気付いて逃げ出したらしく、避難した人たちのなかにはいなかった。

隣室にいた細谷容子さんは、出火に気付くのが遅かったようで、二階の廊下へ出たところに倒れていた。彼女の同伴者は逃げ出して無事だったのか、やはり避難した人たちのなかにはいなかった。

警察は水砂さんが放火した可能性を疑って、彼女の写真を畠山直美さんに見せた。彼女は見覚えのない人と答えた。なお警察署において面通ししたが、やはり知らない女性と答えた」

「これは、当時の新聞や週刊誌に載った記事を丸写ししたものです。記事にあったこと以外の事実は書かれていないので、調査したとは思えません。しかも、母が無職なんて嘘ですし、創作と思われる部分さえあります。わたしは二十万円を、ドブに捨てたも同然と思っています」

細谷水砂は、探偵社の所長に足許《あしもと》を見られたといわんばかりに眉を吊り上げて、唇を嚙んだ。

「歯が痛みはじめたものですから、歯医者さんへいって、待合室にあった週刊誌を見ていました。それには茶屋次郎さんが、金沢《かなざわ》を取材なさってお書きになっている記事が載っていました。ずっと前、和歌山県や日光《にっこう》のお話を書かれた記事を読んだのを思い出しました。金沢や北海道での出来事のお話を読んでいるうちに、わたしが経験したことを、茶屋さんに話してみたくなりました。梁部先生の奥さんに思い付いたことを話したところ、奥さんも、東京にいる娘のかるたさんも、茶屋次郎さんのファンだということが分かったんです」

「かるたさんというのは、もしかしたら、女優の梁部かるたさん？」

茶屋は上半身を彼女のほうへ乗り出した。

「はい。以前は、国民的アイドルといわれていた梁部かるたさんです。今夜は、かるたさんと会う約束をしています」

水砂はいくぶん明るい表情をして、かるたに、茶屋の印象を話すつもりだともいった。

いつの間にか、サヨコとハルマキが茶屋の後ろに立っていた。水砂から、事件と、服役と、探偵に調査依頼したことを聞いているあいだは、はなれた位置にいた二人だが、梁部かるたの名が出たので、彼女の話を聞き漏らすまいという気になったようだ。二人とも、梁部かるたに好感を抱いていたのか。

じつは茶屋も梁部かるたのファンである。二、三年前だが、ある女性向け雑誌から、『好きな女優かタレントのトップは』と訊かれたことがある。彼は、いの一番に梁部かるたを挙げたかったのだが、日本国中の大多数の男性が彼女を好感視しているのを知っていたので、そういう人をまっ先に挙げると、個性の乏《とぼ》しいきわめて平凡な人間だとみられるのが嫌で、かるたよりもいくらか知的な面立ちの蒲《かま》田美智子《たみちこ》にした。インタビュアーはなにを基準にしているのか、『意外ですね』と感想を述べた。

「茶屋先生」

水砂は急に目尻を変化させた。

茶屋は、目の裡《うち》に大写しになっていた梁部かるたの顔を追い出した。

「わたしの話を信用なさいますか?」

茶屋は水砂の顔を見直して、首をわずかに左右に曲げると、

「あなたは、警察官が見つけたという二か所の薬局を、知っていましたか?」

「流川町の角の近くに薬局があるのは知っていました。店の名は知りませんが」

「その店で、なにかを買ったことがありましたか?」

「なかったと思います。薬屋さんの隣がコンビニで、そこで食べる物を買ったことは憶えています」

「薬局が燃料用アルコールを扱っていたのを、知っていましたか?」

「知りませんでした。なにに使うのかも」

「事件当時、あなたはタバコを吸っていましたか?」

「十七のときから」

「では、ライターを持っていましたね?」

「持っていました」

茶屋はメモを取るために、目の前へキャンパスノートを置いた。

「ホテルの火災が発生したとき、あなたはどこにいましたか?」

「勤めていたスナックが入っているビルの前にいま

した」

「営業時間中なのに、なぜそこに？」

「お客さんを送って、外へ出たんです。店のなかでは女のコはタバコを吸ってはいけない規則になっていたので、お客さんを見送ると、一本吸うことにしました」

「そのとき、あなたがマリンバのホステスだということを知っている人に会いましたか？」

会った記憶はない、と、彼女は慎重な答えかたをした。

3

茶屋は、週刊誌「女性サンデー」編集部に電話して、編集長の牧村《まきむら》を呼んだ。

「女性サンデー」に書く名川シリーズの取材先をどこにするかを、決めることになっていた。

「編集長は、あいにく席をはずしております。間もなくもどると思いますので、先生からお電話をいただいたことを……」

女性編集者は丁寧《ていねい》な言葉遣いをしたが、話し終わらないうちに、

「茶屋先生、こんにちは」

男の太い声に替わった。牧村だ。塩辛い物が喉《のど》にからんでいるような声である。牧村だ。「女性サンデー」の歴代編集長では最も若い三十九歳で、一昨年抜擢《ばってき》された。

「次の取材先を広島市にしたいんだが、どうだろう？」

「信州の木曾《きそ》川とか四国の吉野《よしの》川とか、山口の錦《にしき》川とかっていってましたが、広島市とは、意外。でも、広島市にはいくつもの川が流れて水都の名があります。珍しくいいところに気付かれましたが、それは、事務所のおねえさんたちのアイデアなんでしょうね」

牧村はガムでも噛んでいるのか、ひひっと笑っ

た。

「珍しくとは、ご挨拶だな。じつはきょう、思いがけない人が訪ねてきて、その人から信じられないような話を聞いたんだ」

「信じられないような、真実。それは男、女?」

「二十六歳の女性で、約七年間、刑務所に入っていた」

「えっ。二十六歳が七年間。……その女性は、茶屋先生の親戚《しんせき》か、深い縁のある人なんでしょうね」

「見ず知らずの人」

「じつは先生に、深い恨みがあって……」

「あんたはどうして、そういうふうにひねくれた考えかたをするんだ。その女性は、この春に刑期を終えて出所し、ある日、歯医者の待合室で『女性サンデー』を手に取った。それには名川シリーズの金沢・男川女川が載っていた。それを読んでるうちに、私に会って、体験したことを話してみたくなって、わざわざ広島からやってきたんだ」

「七年間もの刑をくらうことになった犯罪と、刑務所での暮らしの一部始終を、だれかに語りたくなった」

「ちがうんだ」

「だれかの身代わりで、服役した」

「勝手な想像をするな。彼女は、無実を訴えたいんだよ」

「無実といいますと、犯罪を犯していないのにっていうことですか?」

「どうも冤罪らしい」

「近ごろ珍しいですね」

「珍しい」

「先生は、その女性に、かつがれているんじゃないでしょうね」

「一〇〇パーセント信用しているわけじゃないが、彼女のいう真実をさぐってみたいんだ」

「いいですね。やりましょう、広島を。先生が、その女性の話に振りまわされて、どれが真実か分からないということになるかも。それはそれで、面白いんじゃないでしょうか」

「私が困ったり、恥をかいたりするのが、面白いんだな」

牧村は今度は、ふいっふいっと笑った。


茶屋は、細谷水砂に電話した。「女性サンデー」の次の名川シリーズの主題は広島市内を流れる幾筋かの川にしたことを伝え、週刊誌に連載する読みものの取材を兼《か》ねて、七年前のホテル放火と殺人事件を独自に調べるので、もう一度会いたいといった。

「分かりました。おうかがいします」

彼女の電話の声は落着いていた。あす午前十時に茶屋事務所で会うことにした。

「今夜は、梁部かるたさんに会うのでしたね？」

「これから、そこへ向かいます」

「彼女とは、どんなところでお会いになるんですか？」

「目黒《めぐろ》区の住宅街のなかにある、お料理屋さんだと教えられています」

かるたは、マネージャーの女性と一緒だという。

「梁部かるたの人気が高いのは、なんでだと思いますか？」

電話を切ると、パソコンの前からサヨコが突然訊いた。

「特別大きくもないし、小さくもない。顔立ちが可愛《かわい》いから。それと、美人なのにツンツンしていない」

茶屋は、「ツンツン」に力を込めた。

「素朴《そぼく》さが好かれているんです。歌をうたったことがあるけど、うまくない。女優としての演技も名演とはほど遠くて、ぎこちない。大衆はそういう点に親しみを感じているんです。そろそろ三十じゃないかしら」

サヨコは、広島の資料づくりをしなくては、と独り言をいってパソコンの画面をにらんだ。

「わたし、高校の修学旅行、広島市と宮島だった」

ハルマキがキッチンのほうから振り向いた。

「わたしも、高校の修学旅行は広島と宮島。それから瀬戸内海を渡って松山《まつやま》」

サヨコもハルマキも、修学旅行に参加した普通の生徒だったのだろうが、細谷水砂は、高校を不登校のため、退学処分になったということだった。そのころの生活が、警察の捜査と裁判に影を落としていなかったとはいえないのではないか。


次の日、細谷水砂は約束の午前十時の二、三分前にやってきた。ドアを入った彼女は、サヨコとハルマキに頭を下げ、

「ゆうべ、かるたさんが、茶屋先生とみなさんにとこれを」

といって、薄茶色の包みをハルマキに渡した。

「梁部かるたさんからですか。感激」

ハルマキは包みを茶屋のデスクに置いた。それは食べ物にちがいないと思った。茶屋は水砂に礼をいって、ソファをすすめた。

紅茶を出したハルマキが、昨夜の梁部かるたはどんな服装だったかを訊いた。

水砂は、ハルマキの顔を見上げて笑った。きのうはここで見せたことのない表情だった。

水砂はバッグからアイボリーのスマホを取り出すと、画面をハルマキに向けた。

「あ、かるたさんだ。すてき」

サヨコが椅子を立って寄ってきた。

「あら、地味な服装」

サヨコは、人気女優なのだから、さぞかし色鮮やかな高価な物を身につけてきたのではと想像していたようだ。

茶屋も画面をのぞいた。かるたはグレーのゆったりとした襟《えり》ぐりのTシャツを着て、水砂と肩を並べて笑っていた。綿パンツは白である。イヤリングは光っている。テレビドラマなどで観るよりも若そうだ。

るが控《ひか》えめだ。

「ゆうべは、どんなお料理を召し上がったんですか?」

ハルマキが訊いた。

「小ぢんまりとした料理屋さんで、いかにもお酒が好きなかるたさん向きのおつまみを」

「かるたさん、お酒が?」

「ええ、ずっと前から、次の日に仕事のないときは、かなりだそうです」

酒好きのサヨコとハルマキは顔を見合わせた。茶屋が、月に一度は二人を飲み食いに連れ出すが、サヨコはひとたび飲みはじめたら底なしだ。つまみも、彼がいい加減にしろといいたいくらい、メニューを見直してはオーダーする。ハルマキも、『もうお腹いっぱい』といってから、二、三品注文する。

「ゆうべいただいたのは、にんにく風味のマグロの醬油《しょうゆ》漬け、ぶどうの白和《しらあ》え、それから焼き蛤《はまぐり》と、お漬物でした」

「お酒は、なにを?」

サヨコは、訊いてから口に手をあてた。

「生ビールを一杯飲んでから、広島の日本酒にしました。マネージャーさんはビールだけでした」

「そこ、目黒のなんていうお店ですか?」

サヨコだ。

「鉢家《はちや》でした」

三人の、酒と料理の話はしばらくやみそうになかったので、茶屋が咳払《せきばら》いして本題に入った。

彼は水砂に、刑事が最初に訪れたときと、警察へ連行された日のことを思い出させた。

彼女は、その日のことは一部始終憶えているといった。

そのころの水砂は、昼間は新天地《しんてんち》の洋品店で午前十時から午後六時までのアルバイトをしていた。出勤の身支度《みじたく》をしながらちらちらとテレビを観ていた。画面がニュースに変わって、昨夜のホテル火災を報じた。アナウンサーはまず、放火事件だったと原稿を読む口調で伝え、ホテル利用者の男女二人が死亡したといった。死亡した男性は、所持品から氏名と年齢が分かったが、『五十代から六十代半《なか》ばとみられる女性の身元は、分かっていません』といった。

その日の午後五時半ごろだった。洋品店へアクセサリーを買いにきた客が帰ったので、ガラスケースの商品を並べ直していたら、体格のすぐれた二人の男性が入ってきて、『細谷水砂さんだね』と訊いて、胸に黒い手帳をのぞかせた。彼女は二人が刑事だということを知った。

彼女があっけにとられたような顔をしていると、『一緒に署へいってもらうので、支度をしなさい』といわれた。店のオーナーが奥から出てきて、『なんですか』と訊いた。

『重大事件に関して、細谷水砂さんに事情を聴かなくてはなりませんので』口のまわりにうっすらと無《ぶ》精《しよう》髭が伸びた刑事がいって、水砂を急《せ》かせた。『重大事件』オーナーは腰を抜かしたようだった。

水砂は灰色の車に押し込まれ、広島中央警察署へ連れていかれた。それまでに警察署の前を通ったことはあったが、入ったことはなかった。

署に着くとすぐに、体格が測られ、正面、左右を撮影された。彼女は身震いしてしゃがみ込もうとした。女性警官はやさしい声を出したが、腕をつかまれた。目の前が真っ暗になった。その漆黒《しっこく》の闇はその後の展開の予告であった。

取調室には四人いた。一人は女性。四人とも氷をはめ込んだような冷たい目をしていた。

口のまわりを無精髭で囲んだ刑事が大平《おおだいら》だと名乗った。声は穏やかだが目は槍のようにとがっていた。

大平は、水砂の経歴が書かれているものを読んで、まちがいないか、と訊いた。

彼女は震えながら、顎を引いた。

大平の次の質問を聞いた水砂は、椅子から転げ落ちるほど驚いた。

『きのうの夜、お母さんが、ホテルへ入るところを見たんだな?』といったからだ。

彼女は首を横に強く振った。

『お母さんが、セシールに入ったところを見たんで、アルコールを買うことを思いついて、薬局へ走っていったんだな?』

『アルコールって、なんですか?』

『ガソリンスタンドへいって、ガソリンをっていったら怪しまれる。街の薬局で燃料用アルコールが容易に手に入るのを知っていた。アルコールは一般の人も買うから怪しまれない。……お母さんの容子さんが、セシールを利用することがあるのを、以前から知っていたのか?』

『知りません、そんなこと』

『あんたは、セシールの一階がどういう造りになっているかを、知っていたね?』

『知りません』

『利用したことはなかったの?』

『ありません。あのう、母がセシールに入ったとかっていわれましたけど。どういうことですか?』

『知らないふりをするんだね』

『知らないふりって、母のことをですか?』

『あんたは、働いているスナック・マリンバが入っているビルの前の道路へ出て、客を呼び込もうとしていた。そのとき、約六〇メートル先のセシールへ入っていったお母さんを目撃した。とっさにセシールに火をつけることを思い付いた。それで薬局へ走った。そして目的をはたした。きょうはよく平気であの洋品店へ出勤していられたもんだね』

『あのう刑事さん。わたしには刑事さんのおっしゃっていることが分かりません。目的をはたしたって、どういうことなんですか?』

『あんたは若いのに、平然とシラを切るんだね。ホテルの床にアルコールを撒いて火をつけたのは、ホテルのなかにいるお母さんを殺すためだったんだろ。証拠が挙がっているんだよ。シラを切っても無駄。ほんとのことを答えないと、そのぶん罪は重くなる』

『刑事さん』

水砂は中腰になった。『朝のテレビで、ホテルの火事で亡くなった二人のうち、女性のほうは五十代とか六十代とかっていっていましたけど、その人は……』

『そこまでとぼけるのか。あんたは十七歳のときから実際の歳をごまかして、キャバクラで働いた。ここ二年のうちに、したたかな女性になった。そういうのを、成長とはいわないんだ。もう少ししたら、すれっからしっていわれるところだった』

『火事で、亡くなった女性は……』

『あんたが、殺したんじゃないか。あんたはお母さんを、憎みつづけていたんじゃないのか。だから、一緒に暮らしているのが嫌になって、飛び出した。……容子さんは煙を吸って倒れ、動けなくなったんだと思う。けさ、ホテルで亡くなった身元不明の女性は、もしかしたら細谷容子さんじゃないかって、知り合いの人が知らせてきたんだ。それで、その人にご遺体を見ていただいたんだ。その人は、容子さんには娘が一人いると教えてくれた。それできょう、あんたの足跡を拾って歩いたんだよ。お母さんは煙を吸って倒れたんだが、顔はきれいだ。憎んでいた人だろうが、最後の対面をするかね?』

容子の遺体は、署の霊安室に眠っているといわれた。

水砂は、氷水を浴びたように身震いして『母に会います』といった。すると取調室の四人は顔を見合わせた。

霊安室のベッドに仰向《あおむ》いている母は、なぜか白いTシャツを二枚重ね着していた。ネイビーブルーの綿パンツを穿《は》き、下着を着けていた。Tシャツだけが煤《すす》で汚れていた。唇の皮が破れたようになっているのは、熱い空気を吸ったせい、と女性刑事がいった。

刑事たちは水砂の顔をじっと見ていた。母が繁華街のラブホテルで生涯《しょうがい》を閉じたことが信じられなくて、拳《こぶし》を固くにぎって、痙攣《けいれん》を起こしたように震えていた——

4

茶屋は水砂に、警察がつかんだという証拠はなんだったかを訊いた。

「あの日、マリンバで飲んでいたお客さんを、ビルの前まで出て見送りました。八時少しすぎだったのを憶えています。ビルの前へ立ったままタバコを一本吸いました。そのわたしを、近くの店の人が見ていたんだと思います。刑事さんは、わたしを見た人は複数だといいました」

「見ていた人がだれだったのかの、見当がついていますか?」

「マリンバが入っているのは田川《たがわ》ビルです。道路の反対側の西原ビルには、クラブやスナックが二十店ぐらい入っています。わたしはキャバクラのチェリーチカにいるとき、西原ビルの花壺《はなつぼ》というクラブの店長に、うちで働かないかって、誘われました」

「断わったんですね」

「条件を聞いて、無理って思ったので」

「その店長以外には?」

「分かりません」

「花壺にいるホステスで知っている人がいましたか?」

「いなかったと思います。わたしが知らなかっただけかもしれませんが……」

「刑事にも、検事からも訊かれたことでしょうが、ホテルの火災は、ビルの前であなたがタバコを一本吸っているあいだに出火したんですか?」

「タバコを消して、店にもどりかけたときに、道路で何人かが騒いでいる声を聴きました」

水砂は、肝心《かんじん》なことと思ってか、それとも思い出したくないことなのか、頭痛でもこらえるように額に手をあてた。

「ホテルの火災を知ったのは、いつでしたか？」

「店にもどってからです。二人連れのお客さんが、ホテルが燃えているといいながら入ってきたんです」

「それを聞いて、あなたは火事を見にいきましたか？」

「いいえ。カウンターのなかで、お酒をつくったり……」

「二人連れ以外にお客は？」

「そのときは、いませんでした」

「マリンバの従業員は？」

「ママと、シヅちゃんというコと、わたしです」

茶屋は二人の名を正確に訊いた。ママは小柳《こやなぎ》セツ子《こ》といって四十二、三歳。シヅちゃんは石内志津《いしうちしづ》で三十代前半だという。水砂は、現在もマリンバがあるのを出所後、看板を見たので知っているが、同じ人が経営しているか、いまもシヅちゃんが勤めているのかは分からないといった。

「広島中央署であなたを取調べた人は何人もいたと思いますが、主任はなんていう人でしたか？」

「洋品店へ、わたしを連れにきた大平刑事です」

彼女は刑事の名を口にすると眉をしかめた。思い出したくない人なのではないか。その刑事は何歳ぐらいだったのか。

「五十代半ばだったと思います。やさしい話しかたをしていたかと思うと、急に机に拳を叩きつけて、怖い顔をしました。わたしには意味が分からないむずかしい言葉を遣うこともありました」

彼女はハンカチをにぎった手に力を込めた。

聴き慣れない音楽が鳴った。

「すみません」

バッグのなかのスマホが水砂を呼んでいるのだった。「かるたさんです」

彼女はからだをひねって、スマホを耳にあてた。

サヨコとハルマキが、一歩、水砂に近寄った。

「きょう帰ります。はい。いま、渋谷の茶屋先生の事務所。はい、お話ししました。ありがとうございます。うれしい。じゃ、また」

彼女は、話し終えたスマホを見つめた。梁部かるたは、水砂に似合いそうな服を見つけたので、宮島の寮へ送るといったという。

「かるたさん、やさしい」

ハルマキがつぶやいた。

「広島市って、川がいくつもあるんですね」

サヨコがパソコンの前へもどるといった。

「太田川の三角州の上に、中心街が発達したんです。太田川の本流が大芝《おおしば》水門で本川と放水路に岐《わか》れ、本川はまた岐れて、天満《てんま》川と元安《もとやす》川の流れになりました。平和記念公園があるところが、旧太田川と元安川が岐れた地点です。太田川は京橋川に枝岐れして、京橋川は猿猴《えんこう》川の流れをつくりました。ですので中心街を横切ると、川に架かる橋を六か所渡ることになるんです」

川のうち下流で合流したのもあって、それぞれが広島湾に注いでいるという。広島城や広島県庁や広島市役所、そして流川町や薬研堀などの繁華街は、太田川と元安川と京橋川に囲まれた島なのだ。

サヨコが簡単につくった広島市の概要によると、近世以来の干拓地だったという。中世末、毛利輝元《もうりてるもと》（一五五二～一六二五）が広島城を築いたころは、一面の干潟《ひがた》が広がっていた。この干潟に堤防を築き、干拓によって土地を広げた。南へ陸地が延びていったため、比治《ひじ》山、江波《えば》山、仁保《にほ》山などの広島湾の島が陸封され、宇品《うじな》島も宇品新開ができて、陸繋《りくけい》島となった。近世を通じて安芸、備後《びんご》の城下町として繁栄、明治になって広島県庁が置かれた。広島市章は、旧芸州《げいしゅう》藩の旗印だった「三つ引」に川の流れを表すカーブをつけて、水都広島を象徴している。

一九四五年八月六日の朝、広島市は世界最初の原子爆弾による襲撃を受け、一瞬にして市街の大半が壊滅し、その日の死者は約二十六万人。

二〇一六年一月現在の人口は百十八万八千。世帯数は五十三万五千。

茶屋は何日か後、水砂とは彼女が勤めている宮島で会うことにした。彼女が語ったことを、広島で調べてみることにした。冤罪だったとしたら、なにが彼女を袋小路へ追い込んでしまったのかを、知りたくなった。

旅行雑誌「旅の空」の高峰遥が、茶屋に電話をよこした。

「きのうは、お忙しいところ、お時間をつくってくださって、ありがとうございました」

彼女は目下、雑誌に掲載するため、遠野が撮った茶屋の写真を選んでいるところだといってから、

「きのう、先生の事務所でちらっと見掛けた方、遠方から訪ねてこられた女性のようでしたね」

「なにか、気になる点でも？」

「他所《よそ》さまのところへ訪ねておいでになった方のことを、お訊きするのは失礼と思いますけど、とても深刻な事情を抱えている方のようにお見受けしましたので、茶屋先生になにか相談したいことでもあってかなと。お節介《せっかい》でしょうけど」

「そう。あなたは目敏《めざと》いんだね」

「やっぱり、深い事情が？」

「広島の人なんだ。いまは宮島の旅館に勤めているが、辛い思いに何年間かを耐えてきたしっかり者だった」

「辛い思い」

「そう。普通の人は経験しなくていい、辛いことだ」

「茶屋先生に、その辛い経験を話したのは、先生に書いて欲しいから？」

「その前に、彼女がどうして辛い思いをしなくてはならなかったのかを、私の目で調べてみたい」

「先生は、宮島へいらっしゃるんですね？」

「広島市でも調べたいことが、いくつか」

遥は、お邪魔しましたといって、電話を切った。

「高峰さん、なにかをたくらんでる」

サヨコがパソコンの画面に向かっていった。

茶屋もそれを感じないではなかった。

遥の目に、茶屋事務所の片隅で俯いていた細谷水砂は、自分の苦い経験をからだじゅうから発散させていたのだ。無念でならない汗の匂いを、遥は嗅《か》ぎ取り、素性と背景を知りたくなったのではないか。

学生時代から新聞か雑誌の記者を志望していたという彼女は、人並みはずれた嗅覚をそなえていそうだ。彼女は旅行雑誌の編集者よりも、事件記者の適性がありそうだ。


今夜の茶屋は、「女性サンデー」の牧村に新宿《しんじゅく》へ呼ばれている。いつもは歌舞伎町《かぶきちょう》の居酒屋か小料理屋で軽く食事をして、牧村がいきつけの、あまり上等とはいえない「チャーチル」というクラブへいく。ホステスが七、八人いるが、牧村は、脚が細くて長くて、尻の位置が日本人の標準より高いあざみにぞっこんなのだ。茶屋はあざみを、二十七か八、あるいは三十の角を曲がったあたりとみている。

牧村は珍しいことに、職安通りに近い歌舞伎町で、旨《うま》い肴《さかな》を出す店を見つけた、と電話でいった。彼の舌は信用できないので期待はしないが、打ち合わせのできる店というので、午後六時半にそこで落ち合うことにした。

牧村は先に着いてビールを飲んでいた。バーやスナックが入っているビルの一階で、間口はせまいが奥が深いカウンターのみの店だ。

茶屋もビールを一口飲んだが、するめいかの塩辛の小鉢が出たので、越後《えちご》の酒にした。塩辛には細く切った昆布《こんぶ》とゆずの皮がまぜてあった。次に出てきたのはマグロとカマンベールのあら煮。塩味のしめじが添えられていた。

「細谷水砂という人は二十六歳だそうですが、やつれていましたか？」

牧村は、茶屋が注《ふ》いだ酒を飲んだ。

「いくつか老けてみえたが、やつれたり荒《すさ》んだりはしていなかった。ちょっとキツい目をすることはあるけど、顔だちはいい。クラブやスナックは、彼女を欲しがったと思う」

茶屋は、十九歳の水砂を想像した。

「彼女は、ホテルに放火もしていないし、母親を殺そうなんて考えてもいなかったといっているんでしょ」

「彼女は犯人に仕立て上げられてしまったといっているんだ。無実を訴えつづけたが、弁護士さえ、彼女のいいぶんを信用しなかったんだろうね」

「国選だろうが、すぐれた弁護士に会えなかったんでしょうか」

「彼女のいうことが真実なら、不運としかいいようがない」

「しかし、母親の容子は、まちがいなくラブホテルを利用していた。放火が娘の水砂でなかったとしても、繁華街のラブホテルを利用していたのは、紛《まぎ》れもない事実ですね」

「それが私には不審なんだ。容子は水砂が働いている店を知っていたという。ホテルはほかにもあるのに、娘が働いている場所とは目と鼻の位置にあるホテルを利用した点が、どうも解《げ》せない」

「容子は六十歳。水砂は遅い子ですね。ホテルへは男と一緒に入ったんでしょうか？」

茶屋は、その辺を詳しく調べてみたいと考えている。

当時の容子はどんな暮らしをしていたのか。なにか職を身につけていたのか。彼女は水砂が中学生のとき離婚、いや、彼女の夫の、つまり水砂の父親は家へ帰ってこなくなったということだ。水砂の父親はどういう人だったのか。なぜ帰ってこなくなったのか、その辺の事情も知りたいものである。

茶屋と牧村は、鶏もも肉の塩焼きで、銚子を二本ずつ飲んだところで席を立った。ほどよい酔いかただ。牧村は迷わず、チャーチルへ足を向けた。が、一〇〇メートルほど歩くと、ピンクとグレーのモザイク模様のホテルの前で立ちどまった。まるでそこへ入りたがっているようだ。

カップルが一組、ホテルを出ていった。

「そんなところへ立っていたら、お客が入りづらいだろ」

茶屋は、牧村の薄緑のジャケットの裾《すそ》をつかんだ。

「細谷水砂は、母親がホテルへ入るところを、ほんとうに目撃したんだろうか?」

牧村は歩きはじめた。

「目撃したにちがいないというのは、警察の見方で、水砂本人は、見ていないといっている」

「しかし、母親は、確実にホテル内で火災の犠牲者になった」

牧村は、水砂から聞いた茶屋の話を、考えつづけていたようだ。

チャーチルには客が一組だけ入っていた。牧村はボックス席に深ぶかとすわると、広島の不幸な母娘のことなどすっかり忘れてしまったように、あざみの長い指の手をにぎった。

5

茶屋は、朝七時五十分、東京発の東海道・山陽新幹線「のぞみ」の窓ぎわの席に座った。指定席はほぼ満席。乗客のほとんどがビジネスマンらしい服装をしていた。

彼より一歩あとに隣の席に着いたのは体格のいい五十歳見当の男だった。その男は額に汗を浮かせていた。鞄を網棚にのせると朝刊を広げた。

茶屋は新横浜を出たところで、東京駅で買った弁当を開いた。久しぶりにボトル入りのお茶を飲んで、これが旨《うま》くなったのを実感した。車内販売のワゴンが運んできたコーヒーを飲んだが、これは容器が工夫《くふう》されただけで、味がよくなったとは思えない。

弁当を食べ終えると、茶屋も朝刊を開いた。社会面には、神奈川県で住宅が火災になり、焼け跡から三人が遺体で見つかった。その家には八十代の夫婦と五十代の娘が住んでいたので、遺体はその家族ではないかと記事にはあった。五十代の娘は独身で、認知症の両親の世話をしていたようだ。

東京は曇《くも》り空だったが、熱海《あたみ》の長いトンネルを抜けると、陽差しが窓にあたった。雪のない富士山が悠然と居据《いすわ》っていた。前の席は外国人のカップルで、富士を認めるとカメラを向けた。なにかで読んだ記憶があるが、富士山ほどととのった山容の独立峰は、世界にいくつもないらしい。新幹線は、人を遠くへ速く運ぶことのみに知恵を絞ったらしく、トンネルと防音壁がやたらに多いので、折角の眺望を楽しむことのできない鉄道になっている。

隣席の男は急に睡魔に襲われたらしく、新聞をたたんだ。いや、丸めるように乾いた音をさせて膝に置いたが、床にこぼれ落ちた。彼はレールの上ということを忘れて眠りこけていた。自宅でもそうにちがいないが、口を半分開けている。

名古屋をすぎると、車窓が暗くなった。濃尾《のうび》平野の空は曇りだ。伊吹山《いぶきやま》の頂稜には重たそうな灰色の雲がかぶさっていた。

口を開けて眠っていた男は、米原《まいばら》を通過したあたりで口を閉じた。目を覚《さ》ましたのだ。時計を見た。ポケットからスマホをつかみ出した。京都に着くというアナウンスを聴くと、音がするように息を吐いて、棚の鞄を下ろした。

京都からは空席が目立った。新大阪でまたあちこちに穴が開いた。茶屋は三十分ほどまどろんだ。その間に姫路《ひめじ》を通過していた。

約四時間、列車は定刻どおり広島に到着した。いつものことだが、約九〇〇キロの距離を、一分の狂いもなく運行する技術に感心する。ときどき故障したり、定めた時間どおりに走らせることのできないシステムだと、日本の鉄道技術は海外へ売れないだろう。

茶屋はまず、段原の浄開寺を訪ねることにした。きのう電話で、住職であり保護司の梁部説休に訪問を伝えておいた。

タクシーに浄開寺へというと、そこは猿猴川の近くだとドライバーはいって、駅前大橋を渡った。

「猿猴川は、京橋川の岐れで、京橋川は上流で太田川から岐れた川です」

浄開寺は近かった。大正《たいしょう》橋と平和《へいわ》橋の中間にあった。ケヤキの木目の浮いた丸柱の門をくぐって一〇メートルばかり入ると石段があった。この寺が一段高いところにあるのは、この辺が元干拓地で川岸に近いことと無関係ではないのではないか。左右から枝を伸ばしたカエデが石段に日影をつくっていた。カエデの根元一面は苔《こけ》が生えた庭園である。本堂の右手に庫裏があって、その奥に茶室のような平屋が建っている。

人影を感じたからか、くもりガラスをはめた戸が開いて、痩《や》せぎすの女性が出てきた。一目で梁部かるたの母親だと分かった。

住職の説休は背が高く、がっしりした体軀《たいく》をしていた。あたりまえのことだが、かるたは父親にも似ている。

三日前に東京から帰ってきた細谷水砂は、茶屋に相談した内容を、説休に話したという。

「梁部先生は、水砂さんが訴えている無実を、信じていらっしゃるのでしょうね」

茶屋は、太い眉をした説休に訊いた。

「正直にいいますと、八割は信じています」

「二割は？」

「彼女の母親の容子さんは、まちがいなくあのホテルに入っていて、火災で亡くなった。火災発生時に、水砂さんは、勤めていたスナックから外出していました。このタイミングが、彼女が放火犯人とにらまれた、第一の原因です。警察が、そこからあとの線を引いていくと、彼女には怪しい点がいくつもあったんでしょうね。茶屋さんは、私の推測など参考になさらず、独自の判断で調べてみてください」

　妻が、ほのかに香りが立っている緑茶をいれてきて、

「いま思い付いて、かるたの部屋を撮ってきたんです」

　といって、スマホの画面を茶屋に向けた。

　書棚を撮ったものだった。茶屋の著書が縦に並び、横に重ねてあった。かるたは高校生のときにクラスメートから茶屋次郎の本を借りて読んだ。北海道の川の風景が出てくる物語で、面白いといって、母にも読ませた。その後かるたは、自分で茶屋の本を買うようになり、

「たぶん、百冊は読んでいると思います」

　彼女は盆を抱いて立ったまま話し、一礼して部屋を出ていった。

　説休は、七年前の事件現場である流川町と、その周辺を案内するといった。

　茶屋は、説休が運転する軽自動車に乗った。

　猿猴川右岸を走って左折した。京橋川に架かる稲荷《いなり》橋の手前で、緑と白に塗り分けた路面電車に出合った。広島市は地質上地下鉄を敷設困難なので、主要路には電車とバス路線を張りめぐらせているという。

「被爆直後のもようを描いたものを読んだし、いくつかの写真も見ていますが、何年か前、テレビで、被爆後、何日も経たないうち、市民の移動を援《たす》けるため、女子中学生が市電の運転を志願したという番組を観て、胸が熱くなったのを憶えています」

　茶屋はいいながら窓をのぞいていると、反対方向から緑色の車体の電車がやってきた。銀山町《かなやまちょう》の電

広島の主要路を走る路面電車

停には日傘《ひがさ》を持った老女が立っていた。

駐車場に車を入れた。そこは堀川町で、真っ直ぐの道を南へ一〇〇メートルばかりいくと町名が流川町に変わった。道路の両側のほとんどが五階建てのビルで、壁には店名を赤や緑や黒で書いた看板が突き出ていた。昼間のせいか人影はまばらだ。

ワインレッドのビルの前で説休が足をとめた。水砂が勤めていたスナック・マリンバが入っている田川ビルで、一階のエレベーター前にはバーやスナックの看板がずらりと並んでいる。そこは十字路から南へ二軒目だ。説休は北を向くと、十字路の先を指差した。ブルーの壁のビルの一階にオレンジ色の灯《あか》りが点いている。そこがホテル・セシールだった。火災のあと、改装したし、経営者も代わったという。田川ビルとセシールの距離はたしかに六〇メートルほどである。二人は人の出入りのない田川ビルの前からセシールを見つめていた。十数分経った。セシールから女性が出てきた。白のジャケットの長めの裾から黒いスカートがのぞいている。腕にからめたバッグは白っぽい。茶屋は二十代後半だろうと見当をつけた。一歩遅れて男が出てきた。グレーのスーツに縦縞《たてじま》のワイシャツ。ネクタイは濃紺。三十代半ば見当だ。二人は肩を並べて北方向へ歩いて、すぐに角を左に曲がった。

茶屋はノートに、「ホテルを出入りする人の年齢の見当、服装が確認できた＝天候晴れ、午後三時二十分」とメモした。

七年前の七月二日、火災の直前に細谷水砂が燃料用アルコールを買ったという流山町の「本山《もとやま》薬局」へは、田川ビルの前から走れば二分とかからない距離だった。その店には若い女性客が一人入っていた。客とガラスケースをはさんで話し合っている女性は七十代だろうと思われた。当夜、水砂はもう一軒でアルコールを買ったことになっている。そこは隣町の薬研堀の「くすりのニシ」。白衣の女店員が一人いた。本山薬局から走っていけば三分ぐらいだろう。十字路の角で、隣はタバコ屋だった。

二か所の薬局への移動に要する時間は約八分。アルコールを買う時間を加えると十二、三分でセシールへ着けることが分かった。

説休には、今夜の宿のホテルへ送ってもらった。そこは太田川の本川に近い。正面がひろしま美術館で、その北側が広島城だ。夜間にもう一度、流山町から薬研堀へいってみるつもりだが、歩いていけない距離ではない。

二人は、ラウンジに入り、緑の庭園が見える窓辺の席を選んだ。広いガラス窓の左端に原爆ドームが、額縁のなかの絵のように収まっていた。

二人はコーヒーをオーダーした。説休は、セシールの放火事件を扱った捜査本部で、主に細谷水砂を取り調べた刑事を知っていた。その刑事に会ったことはないが、氏名と現状を知っているといった。

大平益弘《ますひろ》といって現在六十三歳。広島中央署で定年を迎え、警部補で退職した。住所は広島市西区高《たか》須《す》だが、退職後、宮島のホテル・千春荘《せんしゆんそう》へ再就職したため、週に一度帰宅することにしているらしいという。家族は、妻と長男に次男。長男は広島県警警察官。次男は三菱《みつびし》重工・広島製作所社員で、二人とも結婚して、それぞれ西区内に住んでいる。

茶屋はメモを取りながら、説休はなぜ、水砂を取り調べた元刑事の身辺事情に通じているのかと、頭のなかで首をかしげた。説休は大平のことを、水砂以外のだれかに訊いたのか。それとも彼は独自に「水砂の犯行」を調べたのではないか。彼は茶屋に、『私の推測など参考になさらず、独自のご判断で』といった。彼自身が独自の判断をした資料を、そっと抱えているような気がする。

「また、ご用がありましたら、おっしゃってくださ い」

説休は、自分のケータイの番号を教えてホテルを出ていった。

茶屋が独りになるのを待ちかまえていたようにポケットで電話が震動した。登録されていない番号だ。耳にあてると、雑踏《ざつとう》のなかのような不快な音がしていた。

「茶屋先生、いまよろしいでしょうか？」

女性だ。親しげだ。どなた、と訊こうとしたら、

「旅の空の高峰です」といった。

「ああ」

先日のインタビューについて、付け足したいことか、削りたいことでもあるのだろう。

「先生はいま、どこですか？」

「広島です」

「広島は分かっていますが、取材中でいらっしゃいますか？」

「いや。いままで広島の方に会っていたが。……ホテルで一服しているところ」

「じゃ、そこへいきます。なんていうホテルですか？」

まるで彼女を茶屋が招《よ》んだようないいかただ。

「私は、広島なんだよ」

「はい。わたしはいま、広島に着いたところなんです。駅ビルのなか」

茶屋が広島にいるのを、だれに訊いたのか。

「あんたは、広島へ、なんの用事で？」

「先生にお会いするためです。追いかけてきたんです。ホテルはどこですか。いまは、お独《ひと》りなんでしょ？」

彼女は人混みを掻《か》き分けているような訊きかたをした。

「ひろしま美術館前のレーガンヒロシマのラウンジ」

彼女は、分かったとも、何分後に着くともいわずに電話を切った。

二章　色のない炎

1

高峰遥は、麻《あさ》のオリーブ色ジャケットにグレーの綿パンツ。薄茶のショルダーをななめ掛けにして、コーヒー色の大きめの旅行鞄を提《さ》げていた。鞄の留め金は光った三角形。

「先生、お疲れさまです」

まるで秘書のようだ。

「私を追いかけてきたというのは、ほんとう？」

「そうです。先生が七年前に広島で起きた、放火殺人事件の真相を調査《あら》う。わたしはそのようすを取材する」

「私は、女性サンデーに、水都広島を書くために取材にきているんだよ」

「知ってます。水都広島といいながら、ここの地形や、川の成り立ちや、流れかたや、水の色をお書きになるだけじゃなくて、一人の若い女性が起こしたとされている事件を、掘り返して……」

「私の紀行記は女性サンデーに載る。同じような内容の記事が、旅の空に」

「わたしは、茶屋次郎の取材スケッチです。先生の紀行記とはまったく別ものです」

「私の取材を追いかけるアイデアは、あんたが？」

「旅の空編集長、間所《まどころ》のひらめきです」

先日の遥は、茶屋次郎事務所を訪ねてきた女性の姿や表情を頭に焼きつけて帰った。会社にもどるとその女性の印象を編集長の間所に話した。間所は、それはどういう女性だったかを茶屋に訊いてみろといった。茶屋は遥に電話で訊かれたので、広島の細谷水砂の事情を簡略に話した。遥からそれを聞いた間所は、『面白そうだ』と膝を叩いたにちがいない。

茶屋は、「旅の空」に紀行文を載せたことがあるだけでなく、間所とは何度も飲み食いした仲である。それで彼の人柄を知っている。少しばかり強引で、他人の顔色など気にしない性《たち》だ。厚かましいところは、ジャーナリストに向いているのではないか。

遥は、サヨコをつついて、茶屋のスケジュールを訊き出したにちがいない。もしかしたらサヨコを、ちょっと気の利《き》いた飲食店へ誘って、細谷水砂の輪郭を訊いた。聞いているうちに腰が宙に浮くほどの興味が湧いた。編集長に話した。『やってみろ。茶屋次郎のケツをついてまわれ』ということになったのだ。

「お邪魔じゃないでしょ?」

遥は、薄めだがかたちのととのった唇をわずかにゆがめた。

「邪魔になるかも」

「そのときは、おっしゃってください。そっと消えますので」

なんだか、昔流行《はや》った演歌の文句のようだ。

遥は、コーヒーを頼んでおいて窓辺へ立った。

「大きいホテルですね、ここ。目の前がひろしま美術館、お濠《ほり》の向こうは広島城。県庁は隣。反対側が旧広島市民球場の跡。あ、原爆ドームが見えます」

サヨコから電話があった。

「ひょっとしたら、高峰遥さん、先生に会いに広島へいくかもしれません」

「もうきてるよ」

「あら、身軽なこと」

「おまえは彼女から、取材を受けただろ?」

「ゆうべ。赤坂《あかさか》の中華の店。旅の空の人はいいお店を知ってるんですね。いままで海老《えび》を、あんなに美味《お》しいって思ったことなかった。先生が連れてってくれる店、安いさかなを仕入れてるんじゃないかしら。わたしたちの隣の席では、女優の野原《のはら》ひばりさんが、中華料理なのにワインを飲んでました。七十をすぎてるはずなのに、きれいな肌をして、手もとってもきれい。おいしいものを食べて、いい美容院へ」

「食いものや女優の話はいい。遥さんには、細谷水砂が七年近く刑務所に入っていたことを話したんだな？」

「冤罪の可能性があるっていったら、編集長も遥さんも、興奮したような顔をして」

間所も一緒だったのか。

遥と向かい合ってお茶を飲んでいるうちに、日が暮れた。原爆ドームはライトアップされた。七十年あまり前、一瞬にして骨組だけとなった建物は、あちらこちらが崩れはじめているらしく、補修工事がなされているようだ。

夕食のあと、あらためて繁華街を取材にいくと茶屋がいうと、

「今夜は、郷土料理にしませんか」

遥は、繁華街に知っている料理屋があるのだといった。

「あんたは、いろんな店を知っているんだね」

「うちは、旅の情報誌ですので」

旅慣れしている彼女は、すくっと立ってフロントでチェックインをすませてもどってきた。旅行鞄をあずけてきた、広島へは何度もきているので方向の見当はついているといって、茶屋の先に立って歩いた。

「広島はカキ料理の店がたくさんありますけど、これからいく店は、そのなかでも一番か二番です」

遥は、都合のいい案内人だが、まるで飲み食いを目的にやってきたようでもある。

八丁堀を歩いて中央通りへ曲がった。胡子《えびす》神社があった。遥は地元の人のように、連縄《しめなわ》を張った小さな神社に手を合わせた。

彼女のお気に入りの店は、そこの近くだった。和

服の女性従業員が何人もいた。

「ここでは、ビール一杯だけにしよう」

タイの刺し身と生ガキを二つ、焼きガキを二つ食べただけで腹がふくれた。

「仕事が終わってから、ゆっくり飲みましょう」

彼女は独り言をいった。サヨコやハルマキと同じで、朝目を覚ますと、きょうはなにを食べようかと考える女なのではないか。

店内は活気づいてきた。あちらこちらの席から店員を呼ぶ声がした。

店を出て、堀川町、新天地、そして流川町になった。道路の両側はギラギラとネオンにいろどられたからか、昼間とはがらりと印象が変わっていた。

七年前の七月二日夜、八時すぎ、十九歳の細谷水砂がタバコを一本吸ったという田川ビルの前へ立つと、北を向いた。ホテル・セシールのネオンは昼間よりも鮮やかに輝いて客を招いていた。そこの前を通りすぎる人を茶屋はじっと見ていた。昼間はシャツの柄やネクタイの色まで見分けられたが、色とりどりのネオンの海となったいまは、顔立ちさえもよく分からず、男女の区別がつくぐらいのものだった。

水砂は、セシールに入る母親の姿を認めたとされている。他人ではどこのだれかの判別はむずかしいが、母親だからすぐに分かったのだとされたにちがいない。

遥にセシールの前を歩いてもらった。彼女だと分かっているが、それでもホテルの前からほんの五、六歩遠ざかると顔立ちははっきりしなくなった。

田川ビルの前で、腕組みして、セシールの前を通る人をじっとにらんでいる茶屋を、遥は、黒いコンパクトカメラで撮った。

七年前、水砂が勤めていたスナックのマリンバは四階にあった。遥と話し合って、そこへ入ってみることにした。水砂は出所後、この界隈《かいわい》を歩いたという。彼女にとっては恨みのあるネオン街ではなかっ

広島の夜の繁華街。ネオンが輝く

たか。田川ビルの前に立って、マリンバが存在しているのを確かめたが、同じ人がやっているかは分からないといっていた。

「いらっしゃいませ」

複数の女性の声がした。

天井からの照明で店内はわりに明るい。カウンターのなかに女性が三人いた。客はいなかった。不景気な店なのか。入ってきたのが常連でない男女だったからか、三人は緊張しているような表情でつくり笑いをした。

茶屋と遥はカウンターにとまった。背中には五、六人が寝られるぐらい長い椅子が据えられ、灰皿を置いたテーブルが四つ、虚《むな》しげに客がくるのを待っていた。ここは、遅い時間に客が入る店なのか。

茶屋と遥はビールを頼んだ。店の三人は、試しに入ってきた客だと読んだようだ。

茶屋はカウンターのなかの三人の年齢を推《お》し測った。左から、五十歳、四十歳、二十七、八歳。

「広島は、どの通りもきれいですね」

茶屋は三人に笑顔を向けた。

「食べものがおいしい」

遥がいうと、四十歳見当の女性が、広島へは観光にきたのかと訊いた。

「取材です」

そういった茶屋と遥を、三人は珍しい動物でも見るような顔つきをした。

「もしかしたら、石内志津さんでは？」

「えっ。なぜ、どうして、わたしの名を？」

三人のうち中央に立っている彼女は、うろたえていた。

「以前、こちらに勤めていた細谷水砂さんに聞いたんです」

「水砂ちゃん」

志津は口を開けた。

「お客さん、水砂ちゃんのお知り合いなんですか？」

そういったのは左端の女性で、ママの小柳セツ子だと分かった。ママは眉間《みけん》に皺を立てると、警察の人なのかと、茶屋と遥をにらみつけるような目をした。

茶屋と遥は三人それぞれに名刺を渡し、七年前の事件のことを、水砂に聞いたのだと話した。

「水砂ちゃん、出てきたんですか？」

ママは低い声になった。

「三月に」

「そうでしたか。長かったでしょうね」

ママは緑の石をはめた手を頬にあてて茶屋の顔をじっと見ていった。

「茶屋次郎さんて、もしかして、週刊誌に載ってる方では？」

右端の茶髪のコが、ゆりあだと名乗ると、茶屋のほうへ一歩近寄った。

「そう。旅行作家の先生。わたしは先生を担当している雑誌編集者」

「あ、分かりました。ここが水砂さんが勤めていた店だったので、水砂さんのことを訊きにおいでになったんですね」

薄い唇のゆりあが早口で訊いた。彼女も水砂を知っているようだ。

茶屋が返事をする前に、遥が首でうなずいた。

ママと志津は冷たい目をしているが、ゆりあは笑みを浮かべて、遥にビールを注いだ。

三人の顔を観察していると、ママと志津は、水砂の話には触れて欲しくないようだ。

遥が、ジャックダニエルの水割りを頼んだので、茶屋も同じものをつくってもらうことにした。

「水砂ちゃん、広島にいるんですか?」

志津が訊いた。

茶屋は、どう答えようかと一瞬迷ったが、彼女の曇った顔を見て、現在の住所は知らないと答えた。

水割りをつくったゆりあは、茶屋になにか訊こうとした。そのときドアが開いて、男が二人入ってきた。一人はすでに酔っているらしく、ゆりあの名を呼ぶと片方の手を挙げた。

ママの頬がゆるんだ。志津が棚を向いて、客のボトルをさがした。遥は背中を丸くしてペンを動かしていたが、ママと志津の目を盗んで、小さくたたんだメモをゆりあの手ににぎらせた。

2

白浜《しらはま》ゆりあは、午前零時十五分にレーガンヒロシマ最上階のバーへやってきた。彼女は、月、水、金にマリンバへ出勤していて、午後十一時四十五分に退《ひ》ける。昼間は、鉄砲町《てっぽうちょう》のマエダ電機で、在庫管理係として勤務しているのだという。

「水砂さんが事件に遭った七年前も、マリンバに勤めていたんですね?」

茶屋が訊いた。

「いました。あの事件は、わたしが店に入って半年ぐらい経ったときでした」

　ホテル・セシールが放火された夜のことを憶えているかと訊くと、彼女は、茶屋と遥の顔を見てから、憶えていると答えた。

　七年前の七月二日の夜、彼女は午後七時にマリンバへ出勤した。前の日から体調がすぐれなかったので、休もうかどうしようかを迷っていたが、女のコが休むとママがあからさまに嫌な顔を見せるので、こめかみに指をあてながら出勤した。十五分か二十分すると、常連客が独りやってきた。そこへママが出勤して、志津と水砂とゆりあの全員がそろった。

　午後八時ごろだったか、客はケータイを耳にあてた。横を向いて、困りごとを受けているようだったが、『会社へもどらなきゃ』といって椅子を立った。

　店では、帰る客をだれかが一階まで送るきまりになっていたので、志津が送っていくものとゆりあは見ていた。ところが、『わたしが』と水砂がいって、客の背中を押すようにして出ていった。それを見た志津は、ステンレスの流しに、アイスピックを投げ込むように落とした。彼女はその客に思いを寄せていた。ゆりあは前からそれに気付いていた。その客がくると志津の表情も話しぶりも一変するからだった。志津がその客に惚《ほ》れているのを、水砂も気付いていたはずだ。もしかして水砂は、志津に意地悪するつもりで、帰る客を送りに出ていったのかもしれなかった。

　水砂は十分ばかり経ってもどってきた。志津は目尻を吊り上げて、十九歳で、店ではいちばん長身の水砂をにらみつけた。

　ゆりあは頭痛がひどくなったので、着替えをするコーナーへしゃがみ込んだ。それをママが見て、『帰って寝《やす》みなさい』といった。ゆりあはバッグを胸に押しつけた。そのとき客が二人入ってきて、『ホテルが燃えている』といった。ゆりあは、客にかまっていられず、ママに、『ごめんなさい』とだけいって店をあとにした。外では何人かが騒いでいた。ホテルから煙が出ているのを見たが、彼女はそことは反対方向へ逃げるように歩いた——

茶屋は、メモを取っていた手をとめた。

「水砂さんが送っていった客の名前を知っていますか?」

「福村《ふくむら》さんです」

下の名前は知らないが、市内の徳山《とくやま》工業の社員だといった。福村は現在も週に一度ぐらいは飲みにくるという。

茶屋は、ノートのメモに目を落とした。水砂が持ってきた探偵社の調査報告書にあった要点が書いてある。それによると、セシールが放火された午後八時ごろ、マリンバのホステスの水砂は、客を呼び込む目的でビルの前の道路に立っていた。そのとき、セシールへ母親の容子が入るのを目撃した。その瞬間、怒りと恥ずかしさで、感情が激高、容子に対する殺意が沸騰《ふっとう》し、ホテルを放火して、容子を殺害する目的で、近所の二か所の薬局で燃料用アルコールを一本ずつ買った。それを持ってセシールに正面から入り、床にアルコールを撒き、喫煙のために持っていたライターで火をつけ、火災を起こした、となっている。

いま、ゆりあが語った内容とはちがう点がある。

「マリンバで飲んでいた福村さんというお客は、勤務している会社の人から電話を受けて、『会社へもどらなきゃ』といって、店を出ていった。その福村さんを、水砂さんが送っていった。水砂さんは十分ぐらいで店へもどってきた。その直後に二人連れのお客が入ってきて、『ホテルが燃えている』といった。そのとき店内には、ママ、志津さん、水砂さん、あなた、そしてお客二人の六人がいた。そうですね?」

「はい」

ゆりあは首を動かした。

「福村さんを送っていった水砂さんは、十分ぐらいで店にもどってきたんじゃなくて、もどってくるのが、もっと遅かったんじゃないでしょうか？」

「いいえ。十分ぐらいだったのを憶えています」

「彼女がもどってくるまでのあいだ、だれかが、『遅い』とか、『どうしたのか』といったことを記憶していませんか？」

「憶えていません」

「もどってきたときの、水砂さんの表情は、どうでしたか？」

「表情……。具合が悪かったわたしは、更衣室にいたので、そのときの水砂さんの顔は、見ていなかったと思います」

「セシールが火事になった夜のことを、だれかに訊かれたことがありますか？」

「刑事さんに訊かれました。刑事さんは、わたしが勤めているマエダ電機にも、わたしの家にもきて、同じようなことを訊きました。わたしは夜、スナックでアルバイトしていることを、マエダ電機の同僚には話していませんでしたが、刑事さんが何回かつづけてきたことから、夜のアルバイトは知られてしまいました」

「何回も会いにきた刑事の名前を、憶えていますか？」

「はい。顔も憶えています。大平さんです」

彼女は眉間を変化させた。刑事を思い出すたびに嫌《けん》悪《お》感がはしるのではないか。

「水砂さんは、セシールに放火し、そこへ入っていた客のうち二人が死亡した。営業中のホテルを放火すれば、死傷者が出ることは分かっていた。水砂さんは、ホテルに入ったある人を殺す目的で放火した。その罪で服役した。……いまあなたが話してくれたことと、事実とされていることでは、水砂さんの様子に大きなちがいがあります。もしかしたら、その夜のあなたの記憶は、まちがっているんじゃないでしょうか」

「水砂さんが警察に捕まったと聞いたとき、わたしは、ひょっとしたら、あの夜のことを憶えていなかったんじゃないか。憶えているのは、実際とはちがうことなんじゃないのかって思いました。わたしは、大平刑事さんに訊かれて、ありのままを話したつもりでしたけど、それは夢のようなもので、現実じゃなかったのかって思いましたし、家族や友だちにも、わたしはつくりごとというか、ヘンなことを話す癖《くせ》みたいなものがあるのかしらって、訊いたものです」

「水砂さんが捕まったことが、信じられなかったんですね」

「水砂さんは、ホテルに放火してから、素知らぬふりをして店へもどってきたということでした。……わたしが憶えていることは、まちがいだったようです。それで家族に、頭がヘンかもしれないので、お医者さんに診《み》せたほうがいいのかしらって、真剣に相談しました」

「専門医に診せましたか?」

「いいえ。家族は、わたしのいうことをまともに受け取っていないようで、母は、『だれにも勘ちがいはあるものよ』といって、熱を測るみたいに、額に手をあてました」

ゆりあは、母親のやったことを思い出してか、自分の額に手をあてた。

「ホテル・セシールは、確実に放火された。ホテルには水砂さんのお母さんが入っていた。お母さんは、逃げ遅れて亡くなった。そういう現実が、七年前の七月二日、午後八時すぎに起きたんです。福村さんというお客を送っていった水砂さんが、店にもどってきたのは、セシールが燃えはじめたあとだったんじゃないでしょうか?」

「そうなのでしょうか。わたしは、セシールが燃えはじめたのを見ていませんので、分かりません」

「セシールの火事を、二人のお客から聞いたということでしたが、その火事を見にいきましたか?」

「見にいったんじゃありません。頭が痛かったし気分が悪かったので、店を早退したんです。ビルを出たら、人が大勢いて、騒いでいましたし、消防車や救急車のサイレンを近くで聴いたのを憶えています。セシールなのかどこなのか分かりませんでしたけど、セシールのほうから煙が出ているのを、ちらっと見たような気がします」

ゆりあは、また額に手をやった。実際に目に映ったことが、正確に記憶として脳に焼き付いているのかを疑っているようでもある。

茶屋は、ゆりあの顔をじっと見てから、水砂とは親しかったかを訊いた。

「特に親しかったわけじゃありません。若いのに大人びていて、ととのった顔だちを、うらやましいとは思っていました」

「二人で食事したことは？」

「ありません」

「店で、お客を待っているあいだ、志津さんや水砂さんとは、どんな話をしていたんですか？」

「あまり話はしませんでした。志津さんと水砂さんは、ゲームをやっていたと思います」

「あなたは？」

「わたしは……」

ゆりあは語尾を消すと、目を伏せた。きまり悪そうに上体を動かしてから、

「詩を書いていました。恥ずかしい」

「恥ずかしいことはないでしょ。つくった詩を、発表したことは？」

「グループで冊子をつくって、それに載せたことはあります」

ゆりあは、親指と人差指で冊子の厚みを教えるようなしぐさをした。

彼女は水割りを二杯飲んだところで、バッグのなかをのぞいた。スマホで時刻を見たようだ。午前一時二十分だった。

遥が、「タクシー代です」といって、縞模様のぽち袋を渡した。ゆりあは、「お気遣いなく」という

ふうに遠慮した。

「わたしたちの取材費ですので、どうぞ」

遥はにこりとした。その顔は、これからも取材に協力して、といっていた。

3

最近はどこのホテルも朝食はバイキングだ。

ボールへサラダを盛ったところへ、背後から遥が朝の挨拶をした。彼女は二十分ほど前に着いて食べ終え、コーヒーを取りにきたのだった。茶屋は、ロールパンと、ベーコンと、ハムを盛ったトレイを遥の席へ置いた。両隣は外国人のカップルだ。右側の席のヨーロッパ系の顔立ちの男性は、山盛りのご飯をアジの干物に海苔《のり》で食べていた。

「朝は、水をたくさん飲んだほうがいいですよ」

遥は水のグラスを茶屋のトレイに載せた。

「あんたは、毎朝、洋食?」

茶屋はパンをちぎった。

「ご飯に納豆の日もあります。両親は三百六十五日、ご飯に味噌汁に佃煮《つくだに》か漬け物なんです。そのせいで、弟は毎朝、日本食。わたしだけが一日おきにパンなんです」

「そうか。あんたは独身で、家族と一緒だったね」

「母からは、早く家を出ていけって、せっつかれています。近所に、小学校からの同級生が三人いました。三人ともいい人ができて片付いたのに、わたしだけが売れ残っているもんですから、母はまるで、肩身のせまい思いをしてるみたいなことを、しょっちゅういってます。ついこないだは弟に、『一生ここにいるつもりか』っていわれたので、テレビのリモコンを投げつけてやりました」

「あんたの家は、たしか葛飾区《かつしか》」

「いまも下町情緒たっぷりの、四《よ》つ木《ぎ》です」

荒川《あら》の近くだという。

茶屋と遥は、コーヒーを飲みながら地元新聞の朝刊に目を通した。

「女性サンデー」の牧村が電話をよこした。耳をふさぎたくなるような塩辛声だ。

「広島へは、旅の空の高峰遥さんと一緒だそうですね？」

牧村は、サヨコに聞いたにちがいない。

「そう」

「先生が招《よ》んだんですね？」

「私が、招ぶわけないだろ」

「七年前の放火殺人事件に疑問を抱いたので、その事件を掘り返しに広島へいった」

「水の都の広島をって、あんたがすすめた」

「たしかに。ですが、旅行雑誌の編集者と一緒に取材をなんて、私がすすめるわけはないし、予想もしませんでした」

「高峰さんは事件を取材する私をスケッチするのが目的で、こっちへ」

「高峰さんは、業界では放っておけない独身女性。先生とは、いつからですか？」

「ヘンな勘繰りはやめてくれ。おたがいに仕事なんだから」

「事務所のおねえさんは、『この前から、そうじゃないかなって思っていた』そうです。先生も手近なところで。高峰さんは、よく休暇が取れましたね」

「休暇じゃない。仕事だって、いってるだろ」

「私は、一日か二日あとに、広島へいこうって考えてましたけど、お邪魔でしょうから」

牧村は電話を切った。

「牧村さんでしょ？」

遥は新聞を持ったまま、茶屋の顔にちらりと視線を投げた。

「変わった男だ、彼は」

茶屋はノートを見開きにして、きのう訪ねた流川町と薬研堀辺りの地図を描き、スナック・マリンバが入っている田川ビルと、十字路を越えた右手のホテル・セシールを書き込んだ。

「二か所の薬局を聞き込む」

茶屋はショルダーをつかんだ。

遥は、自分が読んだ新聞と茶屋のとをラックにもどすと、カメラを手首に掛けた。

「流川町へは直線で一キロです」

彼女はすっかり茶屋の助手になってしまったようだ。

県庁前を通って、紙屋町《かみやちょう》の交差点を左折した。広島電鉄本線の電車を見ながら、立町《たてまち》、八丁堀を越えたところで、中央通りを右に折れた。胡子神社に手を合わせ、流川町に着いた。きのう梁部説休に案内されたので、迷うことなくセシールの前を通って田川ビルの前へ着くことができた。夜はネオンの海だった街だが、いまは眠り込んでいるように音がない。

七年前の七月二日の夜、細谷水砂が燃料用アルコールを買うために駆け込んだという本山薬局には、きょうも七十歳見当の女性だけがいた。


茶屋は名刺を渡して、訪ねた目的を話した。

「東京からおいでになったんですか」

店主の彼女は名刺を見てからいった。

茶屋は、七年前の夏の夜の事件を憶えているかと訊いた。

「ええ、それはよく覚えています。事件のあと、刑事さんが女性の写真を持ってきました。ホテルが火事になった夜、アルコールを買いにきた女性はこの人ではと訊かれました」

「その夜、燃料用アルコールを買いにきた女性はいたんですね？」

「いました。アルコールは週に一本売れるかどうかですので、それは憶えていましたし、レジに記録が残っていましたので」

「買いにきたのは、写真の女性でしたか？」

「若い人だったのは憶えていますけど、写真の人だと、はっきりとは答えられませんでした」

「刑事が持ってきた写真の女性に、見憶えがありましたか？」

「なかったと思います」

「買いにきた女性は、走ってきたので、息を切らしていたか、急《せ》いていたのではないでしょうか。その人のようすはどんなでしたか？」

「刑事さんも、同じようなことをお訊きになりました。そういわれれば、落着きがなかったようでしたけど、特に急いているようではなかったと思います。あとで、そのアルコールをホテルの床に撒いて、火をつけたと聞いて、びっくりしました。そんなことに使うなんて……」

彼女は想像もしなかったといった。

彼女は白髪《しらが》の頭をかしげていたが、放火事件後しばらく経ってから、アルコールを買いにきたのはどんな人だったかと訊きにきた人がいたといった。

「警察の人でしたか？」

「たしか弁護士さんだったと思います。わたしは、買いにきたのは若い女性でしたとしか答えられませんでした」

「その事件は大きく報道されたので、憶えていらっしゃるでしょうが、ホテルを放火したのは十九歳の女性とされています。アルコールを買った人は、十九歳ぐらいでしたか？」

「若い女性としか……」

「その女性の服装を憶えていらっしゃいますか？」

「特別なものを着た人ではなかったと思います」

「放火犯人とされた女性は、近くのビルにあるスナックに勤めていました。ですので水商売用の服装だったはずです」

「さあ。この辺には、バーやスナックがいっぱいありますので、夜の時間に、風邪《かぜ》をひいたとか、頭が痛いといってドレスのままみえる人が、毎晩のようにあります。わたしはそういう服装の人を見慣れていますので……」

いちいち憶えていられない、と彼女はいった。

茶屋と遥は、薬研堀のくすりのニシへ移った。その店には五十歳ぐらいの白衣を着た目の大きい女性がいた。やはり店主だった。

「その事件なら憶えています。二人亡くなったんですもの。火事のあと、刑事さんが写真を持ってきて、火事の夜、燃料用アルコールを買った女性じゃないかって訊かれました」

「写真の女性でしたか?」

「ちがうような気がしましたけど、若い女性だったのだけは憶えていると答えました」

「刑事が持ってきた写真の女性とは別人のようだったというのは、どんな点でそれが?」

「写真の人は、面長《おもなが》のほうでしたけど、アルコールを買いにきた人は、丸顔だったような記憶がありました。燃料用アルコールは、そうたびたび売れるものではありません。サイフォンでコーヒーを沸《わ》かす人は、アルコールを使います。サイフォンを使っている喫茶店は、アルコールが必要ですけど、そういう店は業者から仕入れています。街の薬局へ買いにくるのは家庭用ですし、最近はサイフォンを使っている人はごく少ないはずです。わたしは、火事の日の夜、アルコールを買いにきた女性に、サイフォンをお使いなんですかって、訊いた憶えがありました」

「そのとき、女性はなんて答えましたか?」

「はい、とか、ええ、っていっただけだったような気がします」

「女性は、本山薬局でもアルコールを一本買っています。それは、おたくより先だったか、あとだったかは分かりません。走ってきたのでたぶん息を切らして、急いていたと思いますが、そのときの若い女性のようすを憶えていらっしゃいますか?」

店主は腕を組んだり、天井を仰いだりした。ホテル火災の夜のことと、刑事が若い女性の写真を手にして聞き込みにきたときのことなどを思い出しているようだった。

「刑事以外に、女性の写真を見せにきた人は?」

「思い出しました」

店主は、白衣の襟《えり》をつまんだ。「事件から何日も経ってからでしたが、弁護士さんが女性の写真を持ってこられました。事件の夜、アルコールを買いにきた人かと訊かれました」

店主は、ここは慎重に答えねばと思ってか、瞳を動かした。

茶屋と遥は、店主の困ったような表情に注目していた。

「刑事さんが訊きにきたときのことを思い出して、アルコールを買いにきた女性ではないと思いますと答えた気がします」

店主はそういってから、いままで答えたことを否定するように顔の前で手を振り、あらためて、「思い出しました」といった。

なにを思い出したのか、茶屋は彼女の表情の動きを見ていた。

「若い女性の写真を見せにきた刑事さんが、またおいでになったんです」

「同じことを訊きに？」

「写真の女性が、ホテルにアルコールを撒いて火をつけたのを、自白したといいました。刑事さんは、薬局へは日に何十人も客がくるので、その人の顔をいちいち覚えてはいられないだろうし、勘ちがいもあるはずだ。だからアルコールを買いにきた女性の顔もよく憶えていなかったんだと、押さえつけるようにいわれました」

「刑事の話は、ご不満だったのでは？」

「わたしの記憶があいまいでしたので、仕方がないと思いました」

「ホテルを放火した罪で捕まった女性は、燃料用アルコールを買ったこともないし、ホテルに放火していないと、犯行を一貫して否認していたんです」

「そうですか。刑事さんは、たしかに自白したといいましたよ」

「女性を取り巻いている状況から、犯行は彼女にまちがいないと判断されたんでしょう。……公判の法廷へ招ばれて、アルコールを買いにきた女性だと、証言してもらいたいと要請された憶えはありませんか?」

「ありません。出て欲しいといわれても、断わったと思います。うちでアルコールを売ったのは事実ですけど、それを使った事件や裁判には、かかわりたくないものですから。……法廷で被告の女性を見たら、あの夜、アルコールを買いにきたお客さんだって、思い出すかもしれません。若い娘さんを指して、『まちがいありません』なんて、わたしはとてもいえませんもの」

　遥は、茶屋より一歩先に薬局を出ると、店名の看板が入る位置から店を撮影した。

　二人は繁華街を抜けて、平和通りに立った。広い道路の両側を路線バスが何台も走っていた。

　目の前の停留所で、女性を二人拾って去っていったバスを見送った遥は、

「ゆうべ、マリンバの志津さんとゆりあさんは、ロングドレスを着ていましたね」

　急にホステスの服装を思い出したようだ。

　志津は水色、ゆりあは薄いオレンジ色のドレスで、ママのセツ子は白のスーツだった。

「ホテルが放火された夜、水砂さんもロングドレスを着ていたんじゃ?」

「そうだろう」

　さっき聞き込みにいった二か所の薬局の人は、事件の夜のことを憶えていたが、燃料用アルコールを買いにきた若い女性の服装を記憶していなかったようだ。客の女性はありふれた服装だったからではないか。

4

　福村忠文《ただふみ》が勤めている徳山工業は、京橋川沿いで御幸《みゆき》橋の近くにあった。ホテルが放火された夜の八

時ごろ、彼はマリンバのカウンターに肘《ひじ》をついていた。そこへ電話があった。

『会社へもどらなきゃ』とつぶやいて立ち上がったということだった。

徳山工業の灰色の建物からは、固い物を打つようなリズミカルな音と、機械の唸る音が道路に漏れていた。入口のガラス戸には太字で社名が書かれていて、そこからグレーの制服の男女が出てきた。

茶屋はその二人に、福村忠文さんは勤めているかと尋《たず》ねた。

「設計部の課長ですが、なにか?」

男性が答えて、茶屋と遥の素性をうかがうような顔をした。

茶屋は名刺を渡して、会いたいのだがどうしたらいいかを訊くと、男性は、連絡してみます、といってドアのなかへ消えた。道路に残った女性社員に、徳山工業はなにを製造している会社かを訊いた。

「船舶用の機械メーカーです」

彼女は、細かい説明をしても理解できないだろうからというふうないいかたをした。

男の社員が出てきた。

「福村は、十五分か二十分後ならお会いできるといっていますが」

茶屋は待っているというと、

「それでは、どうぞ」

といって、玄関を入って応接室へ案内した。

社屋内には大きな車輪がまわっているような音がし、空気には機械油の匂いがまじっていた。応接室のガラス越しに、廊下を歩く制服の社員の姿が見えた。

二十分ほど経ってあらわれた福村忠文も、グレーの制服姿だった。厚い胸には名札を付けていた。

茶屋は、予告なく訪ねたことを詫《わ》び、七年前の放火殺人事件を調べ直しているのだと話した。

「私のことは、流川町のスナックでお聞きになったんですね?」

福村は、メガネのなかの目を細めたが、旅行作家がなぜ過去の事件を調べるのか、と訊いた。

「その事件の犯人とされた当時十九歳の女性は、一貫して無実を訴えていた。裁判でも、起訴状の内容のすべてを否認している。それなのに七年近くも服役した。その女性の主張どおりなら、それは冤罪ということになります。どちらが真実なのか、水都広島の中心街で起きた奇妙な事件に、私は関心を持ったんです」

福村は、声も出さずうなずきもせず、目を瞑《つむ》ると顔を天井に向けた。茶屋の用件にどう答えようかを考えているのか、それともその事件に関連した思い出でもあるのだろうか。

「その話は、ここではちょっと」

目を開けると話したくないといった。

「福村さんのご都合のいい時間と場所を、おっしゃってください」

茶屋は、話をじっくり聞きたいのだという顔をみせた。

「私がたまにいく店がありますので、そこの座敷を予約しておきます」

福村はテーブルにのっていた便箋《びんせん》を二つに折ると、簡単な地図を描いた。まず小さな鳥居を描くと胡子神社と書き込んだ。そこから道路を一本描くと、「角から二軒目」といった。

「そこ、こぶ伝《でん》ではありませんか?」

横から遥がいった。

「こぶ伝です。あなたは広島の方?」

「いいえ。じつはゆうべ、そこで」

「そうでしたか。二日つづきでよろしいでしょうか?」

福村は、ほかにも知っている店があるにちがいないが、茶屋は、昨夜のこぶ伝の料理をほめた。

福村とは夕方六時半に、こぶ伝で会うことにした。

外は夕暮れのように暗かった。空と同じ色をした京橋川を二〇〇メートルばかりさかのぼったところで、大粒の雨が落ちてきた。若い女性が二人、はしゃいでいるような声を出して走っていった。茶屋と遥は、靴屋の軒下へ避難した。

遥は花柄のハンカチで、茶屋のジャケットの袖を軽く叩くように拭《ふ》いたあと、自分の腕を拭《ぬぐ》った。

「細谷水砂さんは、中区の本川町というところの生まれでしたね」

遥はハンカチを指にはさんで、バッグから取材用のノートを取り出した。

水砂が生まれた本川町は、ホテル火災で死亡した細谷容子が住んでいたところでもある。

茶屋たちはタクシーを拾うことができた。本川町へいきたいというと、ドライバーはナビゲーターに指をあてた。

「広島市内には、川の付く町がいくつもあるんです」

本川町はすぐに見つかった。平和記念公園の北側にある一画で太田川右岸だ。原爆爆心地とされている相生橋《あいおい》の北だという。

タクシーは十分ほど走って相生橋を渡ると、寺の前でとまった。太田川はそこの約二キロ上流で天満川を分け、相生橋の南で元安川と岐れるのだと、ドライバーは帽子をあみだにしていった。乗客が広島市内の川に関心を持っているらしいと判断したのだろう。

茶屋と遥は、太田川に沿って歩いた。にわか雨が上がって、陽差しがもどった川面に、雲がつくった黒い影が浮かんだ。白い船が、黒い影を砕いてのぼっていった。対岸が基町《もとまち》で、広島中央公園や総合体育施設や旧広島市民球場のある一画だ。

対岸を眺めていた遥は、川を向くと手を合わせた。

「去年、平和記念資料館で見た、被爆直後の写真を思い出しました」

彼女の声は細かった。来月はまた、ここを一瞬にして哀《かな》しみと怒りの底に突き落とした暑い日がやってくる。

川の近くの二軒で訊いて、細谷容子が住んでいた家が分かった。

そこは壁のモルタルが変色した小さな二階建てだった。玄関の柱には［田中《たなか》］という表札が出ていた。

細谷容子とは無縁の人が住んでいるのだろうとは思ったが、茶屋は、顔を出した主婦に、

「細谷さんとはご親戚ですか？」

と訊いてみた。

「それは、ずっと前に住んでいた人だと思います。その人のことなら、大家さんに訊いてください」

家主は、寺の隣の世羅《せら》という門構えの家だった。

インターホンのボタンを押すと、犬が吠えた。声から推して大型犬のようだ。

「わたし、遠慮します」

遥は犬が苦手なのか、茶屋の後ろへまわった。

犬は危害を加えないので、門のなかへどうぞと、女性がいった。

くぐり戸を入った。後ろを振り返ったが遥は首を横に振った。

洋風の玄関の前には、赤やピンクや黄の花の鉢が並んでいた。犬がいた。やはり大型だ。最近めったに見なくなった秋田犬である。背中と首は茶毛だが、鼻のまわりが黒い。耳がピンと立っている。口を半開きにして、いつでも飛びかかれるぞ、といっているようだ。秋田犬の祖先は、熊撃ちのマタギが山へ連れて入っていた、熊とたたかった日本一の大型狩猟犬である。

白髪の主婦が木製の厚いドアを開けた。縁なしメガネを掛けていた。

「さっきは、お仕事を、旅行作家とおっしゃいましたけど、わたしには、どういうお仕事をなさる方な

のか、分かりません」

主婦の言葉にはわずかに訛《なまり》があった。

各地の風景や、人びとのいとなみや、味わった土地の食べ物などの感想を、紀行文として雑誌に発表するのが主な仕事だと、茶屋は簡略に話し、一冊の本になったのもあって、どこの書店でも売っているはずだといった。

主婦は、茶屋の渡した名刺をあらためて見てから、

「以前、わたしどもの貸家に住んでいた人のことをとおっしゃいましたね？」

「細谷さんのことです」

「そうではないかと思いました。……どうぞなかへお入りください」

主婦は重そうなドアを開けた。屋内は少し涼しかった。玄関のなかのたたきは、車が一台置けるくらいの広さがあった。壁ぎわには布を張った長椅子も据えられていた。

主婦は補助椅子を出してそれに腰掛けた。他人との応接に慣れているようだった。

「私は、こちらさまのことを、なにも知らずにうかがいましたが……」

なにをしている方の邸なのかを訊こうとした。

「広島と尾道《おのみち》で、病院を経営しております」

主婦は表情を変えなかったが、背伸びするように姿勢を正した。

奥から小さな足音が近づいてきた。地味な服装の小柄な中年女性が、廊下に膝をついた。家事手伝いの人のようだ。彼女は小首を曲げて主婦の顔色をうかがう目をした。

「いいの、ここで」

お手伝いは、来客を部屋へ上げるかを目顔で訊いたようだった。主婦は、かまわなくてよい、といったらしい。

茶屋は手遅れだと思ったが、建物の造りと、手入れのゆきとどいた庭と、それから秋田犬をほめた。

「旅行作家のあなたが、細谷さんのどんなことをお知りになりたいんですか?」

「じつは……」

茶屋は最近、細谷水砂の訪問を受け、彼女の訴えを聞いたことを正直に話した。

「水砂ちゃんが……」

主婦は顔色を変えた。「あの子、暗いところへ入れられましたけど、出てきたんですか」

主婦の目が丸くなった。「水砂ちゃん」という呼びかたに親しさのひびきがあった。

「水砂さんを、よくご存じだったんですね」

「子どものころから。近所では、ちょっと変わった子といわれていたので、注意はしていましたけど、まさかあんなことをするとは」

主婦は、ホテルに放火したことを指しているようだ。

5

世羅家の主婦は、細谷容子が、家を借りたいといって訪れたときのことから憶えているといった。

容子はここの近所の人から、世羅家の貸家が空いているという話を聞いてきたのだった。そのときの彼女は丸い腹を抱えていた。主婦が、出産予定はいつかと訊くと、たしか三、四か月先だと答えた。

主婦が空き家を見せた。二、三日後に、細谷景一《けいいち》郎《ろう》という夫とともにやってきて、家を気に入ったので借りたいといって契約した。

容子は、中区舟入南《ふないりみなみ》の新田《にった》建設の社員だった。景一郎はフリーの大工職人で、新田建設が請《う》けた現場を任されることがたびたびあった。

容子は世羅家の主婦に、『結婚が遅かったものですから』といって、丸くなった腹を撫《な》でた。

景一郎は一歳上で、一度結婚したが、妻とは性格が合わないという理由で離婚していた。

景一郎は仕事の関係上、ちょくちょく新田建設を訪れていた。容子は事務室の隅で経理事務を執《と》っていた。応接室で社長や幹部と打ち合わせをしている来客に、お茶を出すこともあった。その彼女を景一郎は観察していたようで、ある日、新田社長に、

『経理の毛利《もうり》容子さんは、独身ですか』と尋ねた。

容子は、佐伯《さえき》区で両親と妹の四人で暮らしていた。両親とも被爆者だった。父、妹、母の順で、一年おきぐらいに三人が亡くなった。三十二歳で独りになった容子は、家を処分してアパートへ転居した。十年ほど前から新田建設に勤めていたのだが、縁談には恵まれなかった。

細谷景一郎に、容子のことを訊かれた社長は、

『彼女に気があるのか』といった。

『おとなしくて、真面目《まじめ》そうな人だから』そういった景一郎に社長は、容子の境遇を話した。その日がきっかけで、景一郎と容子の交際がはじまり、社長がなかに入って縁談がまとまった――

「容子さんの連れ合いについては、新田建設が詳しいと思います」

世羅家の主婦は眉を曇らせた。茶屋の勘では、主婦は景一郎をこころよくみていなかったようだ。

「容子さんは、四十一歳で女の子を産みました」

その子が水砂である。

産後、容子は半年ほど子育てに専念していたが、水砂を背負《せお》って新田建設へ出勤した。会社が彼女を必要としていたようだ。世羅家の主婦は、赤ん坊を会社へ連れていって仕事の邪魔にならないのかと、容子に訊いたことがある。容子は、『わたしが仕事で手がはなせないときは、事務所の人が代わるがわる子どもをみてくれています。会社は、どうしても出勤できない日は休んでもいいし、時間どおり出勤しなくてもいいといってくれますので』と答えた。

容子の仕事が忙しいときは、社長の妻が水砂を自宅

へ連れていっていたという。

水砂は、小学校へ上がるまで、容子と一緒に出勤した。容子は、保育園や幼稚園にあずけなかった。水砂は夕方まで、事務所や、隣接の資材置き場や、ときには社長の自宅で遊んでいたし、絵本を見たりしていた。

小学生になった水砂は、すくすくと背が伸び、四、五年生になると近所の同級生のなかでは最も上背のある女の子になった。六年生になると、男の子を五、六人引き連れて歩く変わった女の子といわれて、付近では目立つ存在だった。それは中学生になっても変わらなかった。なぜか彼女のまわりには、いつも同年か一つぐらい下の男の子が数人いた。

近所には、水砂を不良少女とみている母親もいたが、いじめや犯罪に類することに関係しているという噂はなかった。

「水砂ちゃんは、姐御肌《あねごはだ》だったんです。小中学生のときは、何人かでただ集まって遊んでいましたけど、高校生にもなると、大人は彼女を特別な目でみるようになりました。器量よしなので、男の子が寄ってくるんです。容子さんは勤めていましたから、学校から帰ると独りです。それが禍《わざわ》いになったんでしょうが、自宅へ男を招《よ》んで窓のカーテンを閉めきっているとか、そのうち、高級車に乗った中年の男性がくることもあるとか、男性が水砂ちゃんを車に乗せていったという評判が広がりました」

主婦は拳をにぎった。

「中年の男性がきたり、その人の車に乗っていったというのは、事実ですか？」

「わたしは水砂ちゃんのそういうところを見たことはありませんので、噂はほんとうかしらと思っていました。水砂ちゃんが不良だという評判は、容子さんの耳にも入っていました。あたりまえですけど、容子さんは水砂ちゃんを問い詰めたり、叱《しか》ったりしたようです。お母さんの説教を黙って聞いているような娘じゃないので、母娘でいい争いをすることはたびたびだったようです。……近所には、水砂ちゃんのような女の子が嫌いなお母さんが何人かいました。自分の息子や娘に、『水砂とは遊ぶな』って、いいつけているお母さんをわたしは知っていました」

主婦は眉を動かした。不快な思いをさせられた人の顔を思い出したのではないか。

「両親の景一郎さんと容子さんは、離婚したのではありませんか」

「水砂ちゃんが、中学のときだったと思います。離婚ではなくて、景一郎さんが帰ってこなくなったんです。……水砂ちゃんは犬が好きで、しょっちゅううちの庭で犬と遊んでいました。主人も義父《ちち》も、大きな犬が好きでして、土佐犬を飼ったこともあります。水砂ちゃんは土佐犬を恐がりもしないで、取っ組み合いをしていました。犬のほうが本気になって、水砂ちゃんの肩や腕を噛んだことがありました」

「怪我をしなかったんでしょうか」

「血が出るほど噛まれたことがあって、わたしが消毒したり、薬を塗ったり。犬は彼女がくるとよろこんで、飛びかかっていました。あ、景一郎さんのことでしたね。あのひとのことは新田建設で……」

水砂は真面目な高校生だったのか。

「中学では、勉強のできる子といわれていましたけど、じつは勉強が嫌いだったようです。高校一年のときは、まともに通っていましたけど、二年生になると休むようになったんです。容子さんは、ちゃんと登校しているものと思っていたようですが、学校からの連絡で、ちょくちょく休んでいるのを知ったんです」

「登校しないで、なにをしていたんでしょう?」

「うちの庭で、犬と相撲《すもう》を取っていたこともありましたし、植木屋さんが庭の手入れにきていると、頼まれたわけでもないのに、剪《き》り落とした枝を束《たば》ねたり、車に積んだりしていることもありました」

「奥さんは、それを黙ってご覧になっていらっしゃった?」

「いいえ。声を掛けましたし、学校をどうしたのかって訊いたこともありましたよ。水砂ちゃんは、『きょうはいきたくなかった』というだけ。三時になると、植木職人さんたちと一緒にお茶を飲んで、おやつを食べていました。タバコを喫《す》うようになったのは、職人さんのをいたずらで口にするうち、癖になったんじゃないかしら。職人さんたちは、無責任なことをいったりして、水砂ちゃんをからかっていましたけど、彼女は平気だったし、いい返したりして、面白がっていました」

容子は学校へ呼ばれたこともあったので、なぜたびたび欠席するのかと水砂を問い詰めた。母娘喧嘩《げんか》のあと、容子は目を真っ赤にして世羅家へやってきたこともあった。

「水砂さんは、家を出て、独り暮らしをはじめたということでしたが」

水砂はある日、仔猫を拾ってきた。容子は猫を嫌いではなかったが、屋内で動物を飼うからには、心の準備が必要だとか、学校を無断で欠席するような者が、責任を持って飼えるとは思えないと、その日はいつになく強い調子で水砂の日常を叱った。

次の日、水砂はいなくなった。彼女の部屋を見たところ、気に入って着ていた服などがなくなっていた。容子ははっと気付いたことがあって水砂の部屋へ入り直して押入れを開けた。悪い予感があたって布団がなくなっていた。それを見て娘の家出を知ったのだった。容子はまた目を腫《は》らして世羅家へいき、『水砂が猫を置いて出ていった』といった。

世羅家の人たちは、『十代の女の子が独りで暮らしていけるわけがない。何日かしたら、『ごめんね』といってもどってくるよ』といったが、人を使って水砂の行方をさがした。

一週間ばかり経って、水砂が広島国際大学近くのアパートにいることが分かった。すでに堀川町のキヤバクラで働いていることも分かった。世羅家の人がそれを容子に話すと、めまいを起こしたのか、崩れるようにすわり込んで、その日はものをいわなかった。

「容子さんと水砂さんは、それきり会わなかったんでしょうか?」

「会っていたと思います。容子さんの家から水砂ちゃんが出てきたところを、見掛けた人がいます。水砂ちゃんは、つっぱってはいても、おんぶして会社勤めをつづけていたお母さんを、忘れてはいなかったと思います」

　水砂が家を出ていくと、容子は急に老け込んだようにやつれた。世羅家の主婦は容子の顔をじっと見て、病院で精《くわ》しく診てもらうことをすすめた。それまでの彼女は、出産以外に病院で診せたことはなかったようだ。

　乳がんが発見され、すぐに左乳房切断手術が行われた。

　世羅家が連絡して、水砂は病院へやってきた。髪を茶色に染めていた。

　容子は退院後、一か月ばかり休んで新田建設へ出勤した。再出勤して三日目、事務所内で倒れ、救急車で病院へ運ばれた。彼女を見舞った水砂は、『もう働かなくてもいいよ』といった。容子は退職した。新田建設は規定以上の退職金を支給した。

三章　子毒死《こどくし》

1

茶屋と遥は、新田建設のビルを見上げた。最近建て直したばかりらしく、壁のクリーム色のタイルには艶《つや》があった。社名の入ったベージュのシャツの女性に、以前勤務していた細谷容子さんのことを知っている人に会いたいと告《つ》げると、

「細谷さんのことでしたら、社長がよく知っているはずです」

彼女はそういうと、遥の顔を見直してから、背中を向けて電話を掛けた。四十歳ぐらいの彼女も容子を憶えていそうだった。容子が勤めているころ、机を並べていたのかもしれない。彼女は電話で何度もうなずいていたが、

「社長は資材倉庫へいっていますが、すぐもどりますので、どうぞ」

といって、応接室へ通した。その部屋の壁には、ビルやドーム状の建物の写真が額に収まって並んでいた。この会社の施工《せこう》の実績にちがいなかった。海なのか川なのか、水のなかに櫓《やぐら》を組んで、その上に作業員が十人ほど載っている写真もあった。記念碑的な建造物を手がけたときのものだろう。

ほどなくしてやってきた社長は、丸顔で大柄の六十歳見当だ。茶屋は名刺を受け取った。

「私は三代目なんです」

社長はにこりとして、いま経理の社員から茶屋の職業を聞いたのだといった。

遥は、茶屋のあとを追ってやってきた自分の仕事を説明した。

「茶屋さんは、楽しそうなお仕事ですね」

「年がら年中旅をしているので、みなさんにそう思われていますが、仕事となるとそうでもありません」

「人気作家だそうじゃありませんか」

「いいえ。忙しいだけです」

「きょうは、細谷容子さんのことを、お知りになりたいとか?」

「はい。こちらには長年お勤めだったようですので」

「先代のときからです。私は『容子さん』と呼んで、彼女から会社の内容やら、得意先のことやら、銀行との取引内容など一切を教わりました。うちの年間の受注量の三分の一は役所からです。容子さんは県庁や市役所の、何課のだれの好物はなになに。大手ゼネコンの某社のだれは、流川のなんという店が好きだなどと、細かいことを書いた閻魔帳《えんまちょう》を、私にくれました。それを見れば、新田建設がどのような営業をしてきたかが一目瞭然でした。政治家とはどういうふうに付合うか、あるいはなになに先生の場合、といった具合に、それはそれは詳細でした。先代は、金の遣い途《みち》についても、容子さんに話していたんです」

その容子は七年前の夏の夜、市内の繁華街で思いがけない亡くなりかたをした。彼女がホテルに入るところを、たまたま娘の水砂が目撃したので、燃料用アルコールを思いついて、二か所の薬局で買い、それをホテルの床に撒いて放火したとされているが、水砂の犯行を信じているかと茶屋は訊いた。

「信じていません」

社長はそういってから、「しかし、容子さんは、まちがいなくあのホテルに入っていた。あの容子さんが、ラブホテルを利用していたことも信じられませんでした。水砂ちゃんは、ホテルに入った容子さんを見て、かっとなったんでしょうか。ろくに学校へもいかずにつっぱってたり、未成年でホステスをやっていたりしていた娘ですが、まさか母親を手にかけたなんて……」

　社長は肉づきのいい首をかしげた。

「社長が水砂さんを最後にご覧になったのは、いつでしたか？」

「八年か九年前です。容子さんが事務所で倒れたことがありました。手術を受けてから一か月ばかり休んでいましたが、会社のことが気になったんでしょうね。痩せて、蒼《あお》い顔をして事務所にいました。社員に仕事を教えていたんです。何人かと話しているうちに、気を失ったように倒れたということでした。水砂ちゃんは、容子さんが救急車で運ばれた病院へやってきました。うちの社員が、アパートで寝ていた水砂ちゃんを叩き起こして、病院へ連れていったんです。彼女はくしゃくしゃの頭に赤いバンダナを巻いていたのを憶えています。私は、あの子が赤ん坊のときから知っていましたので、いっぱしの水商売女みたいな格好が憎らしくなって、『おまえが』って怒鳴《どな》ってしまいました。張り倒してやりたいぐらいでしたので。……あのときの水砂ちゃんは、やつれた容子さんの顔を見て、家へもどって、母娘でやり直そうかって思ったような気がします」

「水砂さんは、家へもどるようなことを、いっていましたか？」

「いいえ。私の想像です」

　容子は二、三日の入院で退院した。通勤が苦痛になったようで、退職を申し出た。

　問題の事件は、それから数か月後に発生した。

　細谷容子が、繁華街のラブホテルの火災で死亡したのを知った新田建設の人たちは、一様に仰天《ぎようてん》した。ホテル火災は放火で、火をつけた犯人は水砂だと聞いて、社長も社員も開けた口を閉じなかった。社員は口ぐちになにかのまちがいだろうといい合っていた。

　殺人事件を担当する刑事が、細谷母娘のことを詳しく知りたいといってやってきた。

　社長に会った刑事は、ホテル・セシールの火災で煙を吸ったために死亡したのは細谷容子で、ホテルの床に燃料用アルコールを撒いて、火をつけたのは娘の水砂だといった。テレビニュースや新聞記事で事件を知ったときは、容子がラブホテルを利用するわけがないので、人ちがいだろうと思っていたのだが、死亡した被害者は容子だと確認されたのだし、放火犯人が水砂であることは複数の目撃者の証言と、火災発生時の彼女の行動からまちがいないことが分かった、と刑事は説明した。

『水砂は、ホテルの近くにいて、容子がホテルに入ったのを目撃したんです。水砂は高校の規則に沿わないので、退学処分になったし、近所から不良とみられていた。母親とは不仲で、十七歳で家を飛び出し、年齢を偽ってキャバクラで働いていた。その前から、口うるさい母親のことを恨んでいたんです』

そんなはずはない、と社長はいったが、刑事は、『事実だ』とつっぱねた。容子がホテルに入っていたのは紛れもない事実なので、社長はただ首をかしげるしかなかった。

刑事は、容子の素行や、夫以外の男性との交際の噂はどうだったかなどを訊いた。社長は、『真面目で、勤勉で、堅実な人だった』といった。

『会社ではそんなふうに見えたんでしょうが、何年も前から夫とは別居だったし、一人娘をしっかり教育できない、品位や節度に欠けた女性だったんです。二面性のある人はいるものですよ』と刑事は、社長の容子を観察していた目を疑うようないいかたをした。

茶屋は、容子の夫であり水砂の父親である細谷景一郎について、社長に訊いた。

「細谷は、当社には先代のときから出入りしていました。木造住宅の建築を請けると、かならず細谷に声を掛けていました。建築大工としては腕がいいほうでしたが、人をうまく使えないので、棟梁《とうりよう》にはなれない。だから独立ができず、道具箱をかついで現場へいく職人の一人でしかなかったんです。十日か二週間も仕事がつづくと、休むんです。根気がないし、欲もない」

「休んで、なにをしているんですか？」

「賭事に夢中になっているんじゃないかと思って、競馬か競輪をやっているのかって私は訊いてみたんです。そうしたら、『骨休めです』って答えました。からだの具合でも悪くなるので休むのかと訊きましたら、温泉が好きなので、あちらこちらの温泉地へいって、二、三日のんびりしてくるのだといいました。私が訊いたときは、松山の道後《どうご》温泉へいっていたそうです。その前は、山口の湯田《ゆだ》温泉と、島根の温泉津《ゆのつ》だったといいました。どうやら朝から酒を飲んで、ごろごろしているようでした」

「だれかと一緒にですか？」

「本人は独りだといっていました。女房の容子さんに訊きましたら、旅行や温泉へ誘われたことは一度もないということでした。彼は容子さんとは再婚でした。前の人は、仕事を休んでふらっとどこかへ出掛ける夫が、嫌になったんじゃないでしょうか。あるいは、他所に好きな女性がいるんじゃないかって、疑ったのかも」

景一郎は、水砂が中学のとき、家へ帰ってこなくなり、それきり消息が分からないということだった。

「容子さんは、ここに勤めていたし、いい加減なことが嫌いな人でしたから、細谷に対しても口やかましいことをいったと思います。容子さんは会社で経理をやっていたので、細谷の収入を知っていました。細谷のほうは、受け取った賃金の全部を容子さんに渡すのでなくて、彼女にいわれると稼いだ金の何分の一かを、しぶしぶ出していたということでした。このことでも容子さんからは文句をいわれていたんです。水砂ちゃんの学費のことでも何度か揉《も》めたということでした。細谷は娘の教育にも関心はないし、娘の評判を耳に入れても、他人ごとのような顔をしていたそうです」

社長の想像では、妻の容子のたびたびの抗議に辟《へき》易《えき》して、ふらりと旅に出た先から帰るのが嫌になり、そのまま連絡を絶ってしまったのではないかという。

「水砂さんのことを心配したり、可愛いと思わなかったんでしょうか」

「子供を可愛がったり、世間の評判に気を揉んだりする男なら、それは普通の父親です。細谷は家庭を築こうとか、子供をどんなふうに育てようかなんて、考えたことのない人間だったんですね。働いている女房の健康を気にかけたこともなくて、自分が疲れれば休むし、酒を飲みたくなれば、朝からでもという、しまりのない男だったんです。そういう男なのに、大工としての技術には惚れ惚れすると、先代はよくいっていましたし、ほかの職人たちも、細谷が削った柱や、天井板や、鑿《のみ》で掘った穴を見て、感心していました」

十二、三年前、ふらりと家を出ていったきり消息不明になった細谷景一郎だが、どこでどうしているかを、思ったことがあるかと、茶屋は社長に訊いた。
「何度、思ったかしれません。容子さんががんの手術を受けたとき、会社で倒れたとき、ホテルの焼け跡から遺体で見つかったとき、それから、水砂ちゃんが放火の犯人として捕まったとき……」

社長は腕を組むと固く目を瞑った。妻子の身に降りかかった災難を、景一郎は知らずに生きているのだろうか。

「職人ですからね」

どこへいっても、食っていけると社長はいった。

現在、六十八歳である。

社長は、冷めかけたお茶を一口飲むと、

「水砂ちゃんは、つとめを終えて出てきたんなら、顔を出せばいいのに」

つぶやくようないいかたをした。

「服役したのですから、以前の知り合いには、会いたくないものなんじゃないでしょうか」

社長は小さくうなずいた。が、なにかに気付いたように視線を天井に向けた。

「水砂ちゃんの件についてですが、茶屋さんたちに会っていただきたい人を思い出しました」

以前、広島中央署にいた竹元《たけもと》という女性警官。退職して、現在、佐伯区の美鈴《みすず》が丘《おか》に住んでいるといって、住所をメモしてくれた。水砂が捕まったとき、彼女に事情を聴いた警官の一人である。竹元は、水砂の話が納得できなかったのか、母親が勤めていた新田建設を訪ねた。捜査の参考にしたかったようだという。

2

広島市の繁華街である中新地《なかしんち》通りの看板をくぐって、料理屋こぶ伝に入ると、福村は着いていた。彼の前にはお茶の湯呑みが置かれていた。

三人は生ビールで乾杯した。茶屋と遥は、新田建設で社長から、社員だった細谷容子の人柄を聞いたことを福村に話した。社長は、幼いころの水砂を憶えていたことも話した。

「そうですか。水砂ちゃんのお母さんは、地味で真面目な人だったんですね」

福村は、ラブホテルの火災で死亡した容子については、べつのイメージを持っていたようだ。

茶屋が福村に訊きたいのは、ホテル火災当夜の水砂の行動である。

「当時の私は、ひずみ計という機械の設計を担当していました。船舶に装着する計器です。それを宇品ターミナルで担当者が取り付け作業をしていました。ところが設計図のミスで、計器が取り付けられないことが分かって、私に電話がきました。その夜のうちに作業を終わらせなくてはならないのを知っていましたので、いったん会社へ寄って、ターミナルへ向かうことにしたんです。マリンバで私は、まだ水割りを一杯飲んでいなかったと思います。『会社へもどらなきゃ』と私はいって、立ち上がったと思います。シヅちゃんがなにかいいかけたようでしたが、なにをいわれたのか憶えていません。私がエレベーターに乗ると、水砂ちゃんが飛び込むように入ってきました。彼女となにか話したと思いますが、それも憶えていません」

福村はグラスを置き、箸《はし》も使わず慎重な口調でいった。

「水砂さんとは、どこで別れましたか?」

「マリンバが入っているビルの前です。私は十字路の角を左に曲がったところで、タクシーに乗りました」

「そのとき、付近ではなにか起こってはいませんでしたか?」

「いいえ、なにも」

「当時、あなたと水砂さんは、特別な間柄でしたか?」

「いいえ。可愛いとは思っていましたが」

「志津さんとは、どうでしたか?」

「それまで彼女とは、この店で二、三回食事したことがありました」

「食事だけですか?」

「食事だけです」

「志津さんを、べつのところへ誘ったとか、彼女から、たとえば休みの日に会いたいとかと、いわれたことは?」

「シヅちゃんとは、特別な間柄ではないかとおっしゃりたいのでしょうが、そんな関係ではありません。一度だけ彼女から、商品券をもらったことがありました」

「福村さんを、好きだったのではありませんか」

「好意を持たれているのは、承知していました。ですから食事をして、店へ同伴したんです」

「あなたに志津さんが好意を抱いてることや、一緒に食事なさったのを、水砂さんは知っていたでしょうか?」

「水砂ちゃんだけでなく、みんなが知っていたはずです。同伴の日は、八時ごろ店に入るので、全員がそろっています。ママに、どこで食事したのかを訊かれたこともありましたし」

福村がセシールの火災を知ったのは、深夜だったという。作業が終わって、船のなかでジュースなどを飲んでいた。テレビのニュースが繁華街のホテル火災を報じた。そのホテルを利用したことはなかったが、存在は何年も前から知っていた。

ホテルの焼け跡から男女が遺体で見つかったことを聞いたのは翌日、会社に出てからだった。夕方になって、ホテルの火災は放火だったことと、二人の遺体の身元が判明したというニュースを、自宅のテレビで知った。放火犯人は細谷水砂だと知ったのは、その次の日だった。そして死亡した女性は彼女の母親だということも分かった。

「私は、会社からの電話を受けた夜のことと、水砂ちゃんのことを思い出していました」

「それまでの水砂さんをご覧になっていて、母親が入ったホテルへ放火するような女性に見えましたか?」

「そんな……」

福村は、茶屋と遥の顔を見て首を振った。そんなことが信じられるか、という表情だ。

「ホテルの放火事件を調べていた刑事は、あなたにも会いにきたでしょうね」

「きました。水砂ちゃんがどんな女性だったかを訊かれました。すでに放火犯は水砂ちゃんだと断定されていたようでした。それで、なぜ犯人が彼女だと分かったのかを、私は刑事に訊きました。刑事は、まるで彼女の行動を見ていたように、二か所の薬局で燃料を買って走ったコースや、タバコを吸うためにポケットに入れていたライターの色なんかも話しました。私は、水砂ちゃんの家庭のことなんかは知りませんでしたが、刑事は、母子家庭だったことと、母娘仲は険悪で、彼女は母親と別居でなく、家出していた。母親は、無職だし、からだも丈夫でなかったので、暮らしは楽ではなかったらしいともいっていました。私は、水砂ちゃんの正確な年齢は知りませんでした。二十歳ぐらいかなと思ったことはありましたが、高校中退で水商売の世界に入っていた過去は、刑事の話で知りました。刑事がいうほど、彼女は不良で、スレているようには見えませんでした」

事件の夜、『会社へもどらなきゃ』といってマリンバを出る福村を、なぜ水砂が見送ったのか。彼に好意を抱いていたのは志津なのだから、彼女は、一分間でも二分間でも福村と二人だけになりたかったはずだ。もしかしたら福村は、若い水砂を好きになっていて、その意思表示をしたことがあったのではないか。

「あなたは、水砂さんと食事をなさったことは?」

「ありません」

「店へ同伴するのでなく、たとえば休日にお会いになったとか?」

福村は、生ビールを飲み干すと、ハイボールのダブルをオーダーした。酒は強そうだ。

「店以外の場所で会ったことはありませんが、ちょっとした物をプレゼントしたことがあります」

「それを、店のだれかに知られていましたか?」

「知られてはいなかったと思います」

「あなたは、水砂さんにプレゼントした。彼女の反応はどうでしたか?」

「私のプレゼントは、マフラーでした。彼女はそれを使っているといって、店でちらっと見せたことがありました」

水砂の日常や店でのことを調べていた刑事は、ママにも、志津にも、ゆりあにも個別に会った。彼女らから聴取したことの一部を、福村に語った。

水砂は、流川町の本山薬局と薬研堀のくすりのニシを知っていたが、名前は覚えていなかったし、なにも買ったことはなかったと話していた。それから、会社へもどるといって椅子を立った福村を送りにいった水砂は、二十分以上経って店にもどってきた、ということだった。どうやら、『二十分以上』と、記憶を強調したのは志津だったらしいという。

「私は刑事に、水砂ちゃんが犯人だなんて信じられない。彼女は、自分が放火したといっているのかって、訊きました。刑事は『否認しているが、複数の目撃証言があるし、お客を送りにいったついでにタバコを一本吸っただけというのに、二十分以上もかかった点などから、彼女の犯行はまちがいない。六十歳の母親がラブホテルに入るのを見たら、普通の精神状態でなくなるのが、分かるでしょ』といわれました」

　福村が、水砂をかばうようなことをいうと刑事に、『あなたはあの子と、特別な関係だったか』といわれた。関係があるとみられた場合、厄介《やっかい》なことになりそうだと感じたので、『信じられない』という言葉を使った程度だったという。

「福村さんは、その夜、水砂さんが、どんな服を着ていたか、憶えていらっしゃいましたか?」

「マリンバの女のコは、三人ともドレスです。かたちや色は憶えていませんが、水砂ちゃんもいつもどおり、裾の長いドレスだったと思います」

「あなたに会いにきた刑事は、その夜の水砂さんの服装を訊きましたか?」

　福村は、さあ、どうだったかというふうに首をかしげた。

「私たちはきょう、問題の夜、若い女性に燃料用アルコールを売った二軒の薬局へいって、あの夜の客を憶えているかを訊きました。薬局の人は、事件後に訪れた刑事にいわれて、問題の夜の客を思い出したんですが、客の服装は憶えていないようでした。ドレスを着た客だったら、近所のバーかスナックの人だという見当がついただろうし、若いホステスがめったに売れるものでない物を買ったので、なんらかの印象を残していそうなものです。二軒の薬局の人が、服装を憶えていなかったのは、客がありふれた服装だったからじゃないでしょうか」

福村は強くまばたいた。

「逆かもしれませんよ」

「逆、といわれますと？」

「繁華街の薬局の人は、バーやスナックの女のコを毎日見ている。ドレスを着て買い物にくる客は珍しくない。この界隈でドレス姿は、むしろありふれた服装なのでは」

そうか。警察はそういう見方を採用した可能性がある。

福村は刑期を終えた水砂は、どこでどんな暮らしをしているのかと訊いた。茶屋は、「広島市内にはいない」とだけ答えた。

3

茶屋と遥は、カキのオイル漬けのあと、広島名物といわれているアナゴ飯を食べた。浅い椀にご飯が平らに盛られ、四、五センチの長さに切られたアナゴが三列になっていた。茶色に焙られたアナゴは甘く香ばしかった。

福村に、これからマリンバへいくのかと訊くと、今夜はいかないといった。

「茶屋さんと高峰さんは、いらっしゃったらどうですか。お二人が二日つづきでいらっしゃったら、ママはびっくりするでしょうが、もう顔見知りになられたんです。話を聞きやすいと思います。あるいは、あしたの昼間会う約束をするとか」

ほかの客がいるところで水砂の話をするわけにはいかない。茶屋には、ママの小柳セツ子と、水砂の先輩格だった石内志津からは訊きたいことがあった。

福村とは料理屋を出たところで別れた。ビジネスマンらしい五、六人が甲高《かんだか》い声で喋りながら歩いていた。ほろ酔いらしい。

「福村さんは、ホテルに放火した犯人は、水砂さんにまちがいないと思っているんでしょうか」

遥が肩を並べた。

「警察が調べ、検察が起訴し、裁判で実刑が決められた。ほかに犯人はいないということになったんだろうね」

「生い立ち、家庭環境、学業放棄、親子不仲、家出か別居。こうした経歴から、警察と検察の見解には、非の打ちどころがないと判断されたんですね」

「どうかな?」

「どうかなって、水砂さんは現実に七年近く服役……」

「筋が通っているだけだ。水砂さんはたしかに、不真面目で不良のレッテルを貼られていた。高校を途中でやめて、年齢を偽ってホステスをやっていた。彼女をホステスとして使う側は、年齢をごまかしていることを承知していたかもしれない。しかし働いて、報酬を得たんだから法規違反者だ。そういうことが禍いして、真犯人にされてしまったんじゃないかな」

問題の夜の水砂の行動をつぶさに見ていた人はいないのだろう。彼女が犯人でないという決定的な証言者や、力強く弁護してくれる人がいなかったということだ。彼女が客を送ってビルを出たところ、たまたま数十メートル先のラブホテルへ母親が入っていった。二人にとっては不運な偶然だった。

「ちょっと待って……」

遥はなにかを思い付いたようだ。「お客さんを送って、ビルの前で一服していたら、お母さんがホテルへ入っていった。なんだか出来すぎのストーリーみたい」

「しかし、母親は、放火による火事でホテルのなかで死亡していた。これは事実だ」

「ホテルにお母さんが入っていくのを、偶然に見掛けたんじゃなくて、お母さんは、水砂さんが一服していたときよりも前に、ホテルに入っていたんじゃないでしょうか?」

「放火するにはそれ相当の動機がある。母がホテルに入るのを目撃したというほうが、動機としては納得できそうじゃないか」

「だれかの想像で、つくられたストーリー?」

「そういう気もするんだ」

マリンバには、三人連れが一組、ソファの席に入っていた。その席にはゆりあがついていた。三人のうち一人は、酔っているのか、眠そうな目をしていた。

茶屋はすぐに、ゆりあとカウンターのなかの志津の服装に注目した。ゆりあは背中を広く開けた水色、志津は肉づきのいい肩をむき出しにしたクリーム色のロングドレスだった。白いスーツのママは、東京の人が二日つづきであらわれたからか、「あら」と口を開け、上目遣いになって、「いらっしゃいませ」と、やや小さな声でいった。

茶屋と遥は、カウンターにとまるとウイスキーの水割りを頼んだ。

「お二人で、お食事をしていらしたんでしょ」

志津がグラスに氷を落とした。

「きのうもきょうも、こぶ伝で」

遥がいうと、

「あそこ、ちょっと高いけど、ネタが新鮮だし、料理の盛り付けがきれいで、おいしい。きょうは、どんなものを?」

今夜の志津は機嫌がよさそうだ。

茶屋は、ママと志津にビールを注いだ。志津はにこにこ顔だが、ママの肚《はら》のなかは茶屋と遥の目的をあれこれ推しはかっているようだった。

茶屋はママの目の色を読んで、水砂のことを訊きたいので、昼間どこかで会ってもらえないかと訊いた。

ママは、「あなた、何時がいいの？」というふうに志津の横顔に視線を投げた。彼女は、水砂の話題には触れたくないようである。ママと志津は、水砂に対して負い目を感じているのではないか。問題の夜の水砂の行動を当時の捜査員は、店にいた二人に詳しく訊いたはずだ。彼女たちの話しかたによっては、捜査当局の水砂への見方は変わっていたかもしれない。

ママと志津は、客がいることを忘れてしまったように向かい合って、あしたの都合を話し合っていた。

志津は、午後一時からなら一時間休みがとれるといった。彼女は、元安川の遊覧船乗り場のカフェに夕方まで勤めているのだという。そこからは宮島を往復する観光船が出ているので、午前中は比較的利用客が多いらしい。

彼女の話を聞いて、遊覧船乗り場に停泊している白い船を、平和記念公園か元安橋から眺めた憶えがある。だがそこにカフェがあるのは知らなかった。元安橋に立ったたいていの人は、上流側の原爆ドームに目を向ける。高層ビルと木立ちのなかに、焼けただれた鉄の骨組みだけが孤立している風景は、いつ見ても異様である。

ママと志津とは、あすの午後一時十分に平和記念公園で落ち合う約束ができた。

茶屋と遥は、水割りを二杯飲んだところで回転椅子を立った。ソファの席の三人連れの一人は、口を半開きにして眠っていた。

茶屋たちをビルの前まで送ったのは志津だった。彼女はロングドレスの裾が気になるのか、「じゃ、あした」といいながら、片方の手はドレスの端をつかんでいた。

道路の反対側の西原ビルの前では、男が三人、タバコを吸いながら立ち話をしていた。そのうちの一人は白いワイシャツに黒い蝶ネクタイだ。

茶屋と遥は十字路を左折したが、呼吸をととのえるように二、三分経ってから田川ビルの前へ引き返した。西原ビルの前で立ち話をしていた三人のうちの一人が、タバコを消すと去っていった。

茶屋は遥に、そこにいるようにといって、二人の男に近寄って頭を下げた。四十半ばと、三十そこそこに見える二人は怪訝《けげん》そうな顔をした。

「花壺の方では?」

茶屋が訊くと、「私ですが」と、黒い蝶ネクタイの四十半ばの男が警戒《けいかい》するように茶屋をにらんだ。

茶屋は名乗って、七年前に発生したホテル放火殺人事件の取材にやってきたのだと話した。

「あなたは、旅行作家だといいましたが、その事件を取材して、本に書くつもりですか?」

クラブ・花壺の店長で押切《おしきり》だと名乗った色白の男が訊いた。

「スナックで働いていた十九歳の女性が、なぜホテルに放火したのかの真相を調べて、書く価値があると判断したら」

茶屋は、女性のような押切の白い顔にいった。

押切は、赤いタバコの箱を出した。そこから一本を抜いたがすぐにくわえず、下を向いた。

「ホテルの火災っていったら、あのコがやった事件じゃ」

三十代の男だ。彼はチェックの半袖シャツを着ている。髪を逆立《さかだ》てていた。普通の会社員ではなさそうだ。

「事件の真相って、どういうことを知りたいんですか?」

押切は、銀色のライターでタバコに火をつけた。

「押切さんは、犯人とされた女性が、事件の何年か前からこの近くの店で働いていたということですので、顔ぐらいはご存じだったのでは?」

「茶屋さんは、犯人の名前を知っているでしょうね?」

「事件直後の、新聞や週刊誌を読みましたので」

細谷水砂に会ったことはいわないことにした。

「水砂っていう名で、男好きのする可愛いコでした。彼女がチェリーチカっていうキャバクラに入って、何日もしないうちに、『十代で、いいコだ』という情報が入りました。高校中退っていう身辺データもつかみました。キャバクラで三、四か月働いたころ、私は道で張り込んでいて、彼女をつかまえました。うちへ移らないかって、誘ったんです。彼女は、いまの店でもう少し働いてから考えるっていいました。いい客を何人かつかんでから移るっていう意味です。若いのにしっかりしたことをいったので、ますますうちへ引っぱりたくなりました」

その後は、月に一度ぐらい水砂の出勤を待ち伏せしていて、食事などに誘った。だが彼女は、押切の誘いに応じなかった。

水砂がチェリーチカに入って一年近く経ったころ、押切は彼女に会って、待遇の条件を話した。正式に、いまの店から引き抜くという話をしたのだ。会うたびにきれいになり、化粧も上手になっていた。言葉遣いも丁寧になり、成長がうかがえた。その水砂は、『考えます』と答えた。押切は、いい返事を待っているといって別れたが、脈がある、と感じ取った。

だが、水砂からは何日経っても返事がなかった。

押切は水砂の意思をもう一度訊こうとした。その日、水砂が道路の反対側の田川ビルへ入っていく姿を認めて、首をかしげた。界隈の情報通に水砂の消息を尋ねた。チェリーチカの客同士が、彼女をめぐって店内で殴《なぐ》り合いを起こした。そのトラブルを目のあたりにした彼女は、その日のうちに、『店をやめます』といって帰ってしまった。彼女は、殴り合いを演じたどちらの客とも特別な関係ではなかった。

次の日に水砂は、就活をはじめた。そしてマリンバのママに気に入られたということだった。

七年前の問題の夜、押切は、田川ビルの前でタバコをふかしていた水砂を見た、と刑事に証言した一人である。

押切の話しかたを聞いた茶屋は、水砂に対して好感を持っていなかった一人であるのを感じた。問題の夜、押切は水砂をちらっと見ただけではないか。そのときの彼はすでに、水砂を花壺で働かせたいという意思を失っていた。それまで月に一度は道で待ち伏せしては引き抜きを計っていたのに、水砂はそれに対しての返事もよこさなかった。そういう彼女が、目の前のスナックへ移っていた。問題の夜の目撃者さがしに歩いていた刑事から質問を受けた押切は、水砂が、『本山薬局のほうへ走っていった』とか、『それから十数分後に、セシールのほうから走ってきた』などと答えたのではないか。彼の目撃談と、マリンバの志津の記憶がぴたりと合っていたのだろう。なので水砂は、母親の容子がラブホテルに入るのを目撃したことから、かっと頭に血がのぼり、薬局を二軒まわって燃料を入手。それによってホテルに放火して、素知らぬ態《てい》で店にもどった、ということにされてしまったのではないのか。

4

真夜中から降り出したらしい雨はすっかり上がって、午前十一時ごろには陽差しが強くなった。

茶屋と遥は、広島平和記念資料館を見学した。茶屋はここを見学するのは四回目だった。入るたびに展示物や写真の一部が変わっていた。正視するに耐えられないものは、次第に削られていくようである。

二回目だという遥は、停止した腕時計と懐中時計の前では胸に手をあてていた。

ママの小柳セツ子と石内志津とは、平和記念公園の木立ちのなかで会った。

志津はベンチに腰掛けると、小さな包みを開いて、にぎり飯を頰張った。

広島平和記念資料館。平和の灯から臨む

「あんた、昼も夜も、よく食べるわね」

ママが志津の横顔にいった。志津は口を動かしながら笑った。朝から働いているのだからと、その顔はいっていた。

茶屋はゆうべ、花壺の店長に会って、七年前の問題の夜の記憶を聞いたといった。

「押切さんは、あの夜、水砂ちゃんが走っていくのを見たそうです」

ママは、小首をかしげてからいった。はたしてほんとうに水砂を見たのだろうかといっているようだった。

「あんなことがなければ、水砂ちゃんはいまも、うちの店にいてくれたと思います」
二、三メートル先を、鳩《はと》が首を振りながら歩いていた。
「キャバクラで働いていた水砂さんは、客同士のトラブルを嫌ってやめて、ママの店へ面接にきたそうですね?」

「そうでした。わたしがいつもより早く店に着いたら、ドアの前に若くて可愛い顔のコが立っていたんです。タウン誌に募集広告を出していたので、それを見て面接にきてくれた人だったんです。……わたしは一目見て、このコはお客を招《よ》べると読みました。そのときの水砂ちゃんは、折れそうなほど細い手足をしていました」

　ママは、二つ目のにぎり飯を口に入れた志津に、ちらっと視線を投げた。

　茶屋は、問題の夜の水砂の服装を訊いた。

「たしかピンクのドレスでした。水砂ちゃんはそれを気に入って、よく着ていましたし」

「化粧もしていましたね?」

「それは営業中でしたので」

「急に会社へもどるようになった福村さんを、送って出ていった水砂さんは、店へすぐにもどってきましたか?」

「十分ぐらいあとだったと思います。あのコ、タバコを吸っていたので、一階で一服していたんです」

　そのとき、ホテル・セシールへ入っていく容子を目撃したということになっている。

「わたしは、水砂ちゃんを見ていたわけじゃないので、事件を起こしたのは彼女だって、刑事さんからいわれて、そうかしらって、あの夜のことを、何度思い返してみたか。二人連れのお客さんが入ってきてから、水砂ちゃんがもどってきたのか、水砂ちゃんがもどってきたあと、お客さんが入っていらっしゃったんじゃなかったかしら……」

　それをはっきり憶えていないと、自信なさげにいって、こめかみに指をあてた。

　茶屋は、一昨夜、ゆりあがいったことを思い出した。問題の夜である。急に会社へもどることになった客の福村を送っていった水砂は、十分ばかりして店へもどってきた。ゆりあは、頭痛がひどくなったので、着替えをするコーナーにしゃがみ込んでいた。ママがその彼女を見て、『帰って寝みなさい』

といった。ゆりあが店を出ていこうとしたとき、二人連れの客が入ってきて、『ホテルが燃えている』といった。ゆりあは、客にかまっていられず、ママに『ごめんなさい』とだけいって店をあとにした、ということだった。

「志津さんは、問題の夜の水砂さんが、どんなドレスを着ていたのかを、憶えていますか?」

志津は、ボトルのお茶を一口飲むと、胸の中心を軽く叩いた。咳を二つすると、にぎり飯をちぎって二、三メートル先の鳩のほうへ投げた。ベンチで食事をしている志津を木の上からじっと見ていた鳩がいたらしく、彼女が投げた小さなかたまりに、五、六羽が嘴《くちばし》を突き刺そうと争った。

「ピンクのドレス。彼女、クリーニングに出さず、あればっかり着ていました」

「福村さんを送っていった水砂さんは、すぐ店にもどってきましたか?」

「わたしは、あの夜のことをはっきり憶えていま

す。福村さんを送っていった水砂ちゃんは、なかなかもどってこなかったので、わたしはママに、『遅いね』っていいました。ママはそれを忘れているんです」

「なかなかもどってこなかったというと、どのぐらいですか?」

「二十分以上だと思います。刑事さんに、ママとゆりあちゃんは、十分ぐらいでもどってきたといっているがっていわれましたけど、それはよく憶えていなかったからです。タバコを一本吸ってるにしては遅い、ってわたしは思ったので、ママにそれをいったんです」

「二人連れのお客さんが入ってきたとき、水砂さんは店にもどっていましたか?」

「いました。水砂ちゃんが、走ってきたみたいな息をしてもどってきて、そのすぐあとに二人連れのお客さんがきたんです。二人は、『近くのホテルが燃えている』っていいました。火事を見にいきたかっ

たけれど、お客さんを放っていくわけにはいかなかったので……」

店を出ていかなかったという。

「二十分以上経ってもどってきてからの水砂さんのようすは、どうでしたか？」

「お客さんから話し掛けられて、いつものように、それに応えていました」

「水砂さんは、福村さんに好意を持っていた。だから、会社にもどるといった福村さんを、さっと送る気になったのでは？」

茶屋は、にぎり飯の一つを食べ終えた志津の横顔の動きに注目した。

「そうだったんでしょうか」

お茶を飲んだ志津は、下唇を突き出した。

「福村さんを送っていった水砂さんがもどってくるのが遅いので、あなたは、なにをしているんだろうって、やきもきしていたのでは？」

「やきもきなんて。ただ遅いなって思ってただけです」

水砂は、殺人を目的とした放火犯の疑いで検挙された。それを知ったとき、どう思ったかを、茶屋は志津に訊いた。

「びっくりしました」

「信じられることでしたか？」

「水砂ちゃんが、やったんだと思いました」

どうしてそう思ったかを訊いた。

刑事が話してくれたことだが、水砂は中学生のころから不良とみられていた。高校生になってもちょくちょく無断欠席をして、近所の人たちから要注意人物とされていた。高校を不登校でやめさせられると、家出して、年齢を偽ってキャバクラで働きはじめた。両親も離婚していたし、家庭環境も芳《かんば》しくなかったという。

「それにだいいち、問題の夜、店を出ていってから二十分以上ももどってこなかった。彼女が息を切らすようにしてもどってきて、その直後に入ってきたお客さんが、『ホテルが燃えている』といいました。そのときは、まさか彼女が放火したなんて、想像もしませんでしたけど、あとで、ホテルの焼け跡から彼女のお母さんが遺体で見つかったって聞いて、あの夜のことを思い出したんです。店にもどってくるのが遅かったのは、そのためだったんです」

ママは両手を頬にあてて俯いていたが、

「わたしはいまでも、あのコが放火したことが信じられないです」

と、つぶやいた。

「ママは、水砂ちゃんを可愛がって、大事にしてたから。……あのコのほんとうの姿を知らないので、刑事さんには、水砂ちゃんの肩を持つようなことをいったんでしょ」

志津は肚のなかで、「ふん」と鼻を鳴らしたようだった。もしかしたらママは、『ほかの人には内緒よ』とでもいって、志津よりも日給か、手当を多く支給していたのではないか。志津は三つ目のにぎり飯を口に運んだ。口を動かしながら、にぎり飯の端をちぎると鳩のほうへ放った。それを近くで見ていたらしい鳩が五、六羽寄ってきて、騒ぐようにちぎったご飯のかたまりをつついた。彼女は、冷たい目でそれを見ていた。腹一杯になったので、にぎり飯を捨てるようにちぎったのか、餌《えさ》をさがしている鳩に与えたくなかったのか、彼女の無表情の横顔からはその心は読めなかった。

三つ目を食べ終えた志津は、音をさせて包み紙を丸めると、お茶のボトルと一緒に布袋へ突っ込んだ。スマホを見て、「そろそろ」といって、ベンチから立ち上がった。

茶屋と遥は、「お話は参考になりました」といって頭を下げた。

志津は、木のあいだを縫《ぬ》うようにして消えていった。

「あのコは、水砂ちゃんが嫌いだったんですよ。お客さんが、水砂ちゃんのほうばかり向いているので」

水砂はママにも好かれていた。どこのママも、客を招んでくれるホステスを大事にするものなのだ。

「それにしても、水砂ちゃんのお母さん。娘が目と鼻の先で働いているのにあのラブホテルを利用していたなんて、わたしはお母さんの遺体が見つかったって聞いたとき、あのホテルで働いていた人なのかって思いました」

ママは、すぐ近くの地面をつついている鳩をじっと見て話した。

「ママは、水砂さんから、お父さんやお母さんの話を聞いたことがありましたか?」

「なかったと思います。家庭や家族のことを自分から話す人がいますけど、水砂ちゃんは、そういうことを一切口にしませんでした」

「刑事は、どういう家庭の娘だったかを、ママに話したでしょうね」

「はい、聞きました。水砂ちゃんを、中学生のころから不良だったとか、家出した娘だったとかいいましたけど、わたしにとっては女のコの過去なんかどうだってよかったんです。店の女のコとして、お客さんに好かれるコならいいものですのでね」

前に勤めていたキャバクラでは、彼女をめぐって客同士のトラブルがあったというが、マリンバではどうだったかを茶屋は訊いた。

「うちの店では、トラブルなんて、一度もありませんでした。水砂ちゃんは、お客さんがいれば、午前一時までも二時までも残ってくれました」

志津とゆりあは、昼間の勤めがあるので、午後十一時四十五分には帰るのだという。

5

茶屋と遥が乗ったタクシーは、旧太田川、天満川、そして太田川放水路の三つの川を渡った。小高い丘や緑の森林が左右に見えはじめたところで、道路が縦横に真っ直ぐに整備された住宅団地に入った。十数分で元広島中央署の警察官だった主婦の竹元綾子《あやこ》の住所をさがしあてた。

五十歳にはまだ達していないだろうと思われる彼女は、茶屋の名刺を受け取ると、にこりとした。彼の著書を何冊か読んでいるといった。

「娘が買ってきた茶屋さんのご本を拝読しました。そのなかでよく憶えているのは、京都の東福寺《とうふくじ》を案内していた女性が、有名な三門の前から神隠しに遭ったように姿を消すお話。実際の事件だったのでしょうけど、まるで探偵小説を読んでいるような面白さでした」

「お嬢さんが読んでくださっているんですか」

「娘はいま、大学一年生ですけど、ずっと前から茶屋さんがお書きになった本や、雑誌に載っている旅のお話を読んでいました。今年のお正月には、東京の大学へいっている友だちに会いにいって、神田川《かんだ》を見てきたそうです。御茶《おちゃ》ノ水《みず》駅のホームから見えるのが神田川だったんですね」

廊下の奥の固定電話が鳴った。電話に応えた綾子は二、三度、笑い声を聞かせた。

「すみません。ボランティア仲間に、ちょっと訊かれたことがあったものですから」

もどってきた彼女は、手を揉むようなしぐさをした。

「ボランティアとおっしゃると?」

「古くなって壊れたランドセルを、修理しています。恵まれない国の子どもに役立てればと思いまして、何人かと。……わたしは仕事が遅いので、まだ六十個ぐらい。もともと手先が不器用なうえに、来客にお茶を出したりする必要のない警察官でしたので、いまでも主人に、気が利《き》かないなんていわれています」

「ご主人は、警察の方?」

「自動車会社の社員です」

ボランティアだという彼女の仕事を茶屋はほめ

た。

茶屋は、広島へきた目的を話した。遥は、「わたしの仕事の目的は」と前置きして、影のようにつきまとって、茶屋を取材しているのだと説明した。

「いろんなお仕事があるものなんですね」

綾子は、目じりに皺を寄せたが、すぐ真顔になった。二人が訪ねてきた目的を訊く目つきをした。

茶屋は、広島市出身の細谷水砂という二十六歳の女性の訪問を受けたのだ、と切り出した。

「細谷水砂。……出てきましたか」

彼女はその名を懐かしむように小さな声でいった。

「よく憶えていらっしゃる女性なんですね？」

「はい。ときどき思い出していました。細谷水砂さんには、夢で会ったこともありました」

「夢で……」

「目が覚めたときは憶えていない夢がほとんどなのに、彼女があらわれたあの夢だけは、いまも憶えています」

どんな夢だったのかを、茶屋は訊いた。

彼女は少し顎を上げた。

「元安橋の上で名前を呼ばれました。振り向くと、細谷水砂さんでした。わたしは彼女が恐くなったのか、走り出しました。彼女はまたわたしの名を呼んで追いかけてきました。わたしは橋を渡りきって、ビルのなかだったか、木立ちのなかだったかに隠れたんです。夢はそこで終わっていますが、とても恐い思いをしたことだけが残っています」

現実の水砂のことをどんなふうに記憶しているかを訊いた。

「彼女には、放火殺人の嫌疑がかけられて、中央署へ連行されてきました。本格的な取調べの前に、指紋を採ったり、体格を計ったり、全身や顔をアップで撮影します。彼女は有力な容疑者でしたので、取調べは長時間に及びそうでしたし、その日は帰宅できないだろうと思いました」

そこで綾子は、『こういうことになったのを、だれかに知らせておかなくてはならないので』といって、その連絡先を尋ねた。すると水砂は、『お母さんに』と答えた。ホテル・セシールの焼け跡から発見された男女の遺体の女性は、客室に残っていた所持品から身元が分かり、住所の近所の人に確認を頼んだ。その結果、所持品どおり細谷容子だと分かった。彼女の背景から娘の水砂が判明し、事件当時の行動を捜査員はつかんできていた。その段階では捜査本部は、ホテル内で死亡した女性の身元についての発表はしていなかった。

捜査本部は、火災発生直前、水砂が複数の顔見知りに目撃された地点、そこから走り出した方向、店にもどった時間などの証言を総合的に判断し、容疑者とした。彼女以外に疑わしい行動がみられた者は浮かばなかった。

紅灯に彩《いろど》られた夜の街だが、五、六〇メートルの距離のホテルに入る容子を、娘の水砂なら確認できた。それを見た水砂は、母親に対して殺意を抱いた。ホテルが火事になれば、客室内にいる容子はかならず死ぬと確信して、アルコールを買いに二か所の薬局へ向かって走った——

そういう容疑者が、女性係官から、『連絡先は』と訊かれて、『お母さんに』と答えるのは妙なのである。

そのときの綾子は、『お母さんに?』と訊き直して、首をかしげたような気がする。

綾子は、管理官と刑事課長に、『水砂は母親が死亡したのを知らないようだ』と話した。すると管理官には、『警察へ連れてこられた容疑者は、平静の状態じゃないので、妙《しりぞ》なことを口走ったりするものだ』と彼女の疑問は退けられた。

水砂が連行されてきた次の日、綾子は刑事課長にもう一言疑問を話した。『細谷水砂は、営業用の服装をしていました。いつものようにドレスを着ていたんです。その彼女が、二か所の薬局で燃料用アルコールを買うお金を持っていたとは思えません』

するとと刑事課長は、『水砂はタバコを吸う。タバコを買うんで、つねに現金を持っていたんだ』と一蹴した。

彼女の懐疑は、捜査本部の幹部のあいだで話題にされたらしく、直属上司から、『幹部の判断に水を差すようなことをいわないほうがいい』と、釘を刺された。その夜、三日後、宇佐《うさ》北署へ転勤の辞令が渡された。その夜、夫に理由を話して、警察を辞めることを決意して退職願を提出した。

「逮捕されたときの水砂さんは、痩せていましたし、留置場では食事を残していたのを憶えています。茶屋さんを訪ねた彼女、丈夫そうでしたか?」

綾子は、母親のような目をした。

「痩せぎすでしたが、不健康な感じではありませんでした」

茶屋は、予告なく訪ねてきて、『わたしは、母を殺した罪で、刑務所へ入れられました』

と、瞳を光らせた水砂を思い浮かべた。

「現在は、広島で働いているんですか?」

「宮島のホテルに勤めています」

三月に出所した水砂は、市内の探偵社を訪ねて、七年前の自分が、どうして放火殺人犯にされてしまったのかを調べてもらった。その報告書を読んだ彼女は、唖然とした。事件発生直後の新聞や週刊誌の記事をなぞったような部分と、創作としか思えない個所もあったので、あらためて調べたとは思えず、自分が世間からバカにされたような気がして、悔しくなったのだった。

茶屋は彼女の告白を聞いて、自分のやりかたで事件を調べる気を起こした、と綾子に語った。

「やってみてください。わたしは陰ながら応援します。まちがいなく犯人はいるでしょうけど、それは細谷水砂さんではありません」

綾子は、問題の事件当夜、ホテル・セシールの事務所に勤めていた女性の氏名と、現住所を知っていた。中西《なかにし》直美といって、当時四十二歳。住所は中区江波栄町《えばさかえまち》。

「事件当時は独身でしたけど、旧姓は畠山で、一年後ぐらいに、いい方と出会って、いまはご夫婦でレストランをやっています」

綾子は、中西直美の住所への地図を描いてくれた。彼女の近況をなぜ知っているのかというと、事件直後、公務をはなれて、入院していた病院へ直美を見舞った。彼女はセシールで、放火犯人を見たかもしれないと思ったからだという。

「わたしは直美さんに、こういう質問をしました。セシールへ客のふりをして入り、床が燃えはじめると同時に逃げていった。それは女性とはかぎらないと思うが、どうかと」

「直美さんの記憶は、どうでしたか?」

「男か女かもわからない。事務所とエレベーター前の通路を仕切っているガラスが、急に明るくなったので、びっくりして事務所を飛び出した。そのとき通路にはだれもいなかったそうです」

綾子は、当夜のことを何度も思い出していることだろうから、ぜひ直美に会うようにといった。

事件当時、セシールを運営していた人はホテルを手放した。数か月後、べつの人が買い取って火災の痕跡《こんせき》を消して新装オープンした。新しい経営者は直美に会いにきて、営業実績などを詳しく訊いたが、彼女を雇うとはいわなかったようだという。

四章　女の記憶

1

竹元綾子が教えてくれた中西直美の住所は、天満川河口に近かった。茶屋と遥は、タクシーを降りたところから五、六〇メートル西に寄って幅の広い川を眺めた。川は海に向かっているはずだが、流れは息をとめたように動いていなかった。白い鳥が二羽、遊んでいるのか川面すれすれに飛んでいる。

遥が、白地にブルーで描いた「ファミール」という看板を見つけ、

「あそこじゃないでしょうか」

と、指差した。白い格子《こうし》をはめたドアの横には、メニューを手書きした黒板が立てかけてあった。カキやムール貝を使った料理を出しているらしい。

竹元綾子に教えられた住居表示を確かめて、白いドアを開けた。

客のいない店の中央に、白い帽子の女性が立っていた。五十歳ぐらいに見えたので、

「中西直美さんですか?」

茶屋が頭を下げていうと、女性は目を丸くしてから小さい声で、「そうですけど」と返事をした。小太りだ。色褪《いろあ》せたオレンジ色のTシャツにはヨットが描かれていた。

竹元綾子さんから話を聞いたので、訪ねたのだと茶屋がいうと、

「もしかしたら、ずっと前の事件のことで、おいでになったのでは?」

といって、茶屋と遥を見比べた。

警察官は聞き込みのさい、職業を説明する必要はないが、茶屋の場合は職業と目的を、丁寧に話さな

くてはならなかった。

店の奥から、やはり白い帽子をかぶった男が出てきた。直美が、夫の中西だと紹介し、たったいま茶屋がいった目的を彼に話した。中西は、自分には関係がないことだと分かってか、奥へ引っ込んだ。

茶屋は、細谷水砂から頼まれて、七年前の放火殺人の真相を知ろうとしているのだと話した。

直美は椅子をすすめると、

「わたしはたしかに、セシールというホテルの受付として勤めていました。あの事件は十九歳の細谷水砂という女性の犯行だと分かったので、彼女は刑務所へ送られたんです。いまになって、真相をとは、どうしてなんでしょうか?」

「細谷水砂さんは、三月に出所して、社会復帰しました。服役をしたが、ホテルに放火したのは、自分ではないといっています。あの火災では、彼女のお母さんがホテル内で亡くなっていますが、彼女は、お母さんがホテルにいたことは知らなかったそうです」

直美は片方の手を胸にあてた。問題の夜を思い出したようだ。

直美は、火災の最初の発見者だと思うといった。通路の床から炎が上がったのを見て、事務室を飛び出し、消火器に手を伸ばそうとしたが、煙を吸ってしまい、苦しくなったので外へ逃げ出した。道路へ出て叫ぼうとしたが、息が苦しくなって倒れてしまった。意識を失ったのだった。気がついたときは病院のベッドに寝ていた。

「ホテルの受付には、窓があって、客の出入りを見ることができるそうですが?」

「いま、あのホテルはどうなっているのか知りませんけど、わたしが勤めていたときは、自動会計システムでした。各部屋に支払機が付いていたので、お客さんは、エレベーター横のパネルで好きな部屋をボタンで選んでいって、帰るときは、部屋で支払いをすませました。ですので、わたしと会話することはめったにありませんでした」

「あなたは事務室の窓から、お客の出入りを見ていたんですね?」

「いちいち見ていることが本来の役目でしたけど、じつはじっと見ていたわけではありません。会計の必要がないものですから、食事をつくったり、食べていたりで、入ってきたお客さんを見ていないこともありました」

火災の夜、細谷容子は八時ごろにセシールに入ったことになっている。

「火災で死亡した男女のうち、女性は六十歳でした。そういう歳格好の女性を、ご覧になった記憶がありますか?」

「見ていませんでした。わたしが用足しにでもいっているあいだに、二階の部屋へ入ったのだと思います」

「亡くなったもう一人は、前田正知さんといって四十四歳でした。その人が入ったときは?」

「火事の次の日に、警察の方から、亡くなった男性の体格や服装を聞きました。男性は若い女性と入ってきて、男性のほうがパネルのボタンを押したのを憶えています」

そのカップルが入ったのは、午後七時半ごろだったという。

直美は、額に手をあてた。なにかを思い出そうとしているようだ。

「警察の方は、亡くなった女性の年齢をおっしゃって、それまでにお客さんとして何回か入ったことがあった人ではと訊かれましたけど、わたしは分かりませんて答えたと思います」

出火は午後八時十分ごろ。出火直前に若い女性が単独で入ってきたはずだが、その人を見ているかと訊いた。

「単独とおっしゃいますと、放火した女性のことですね?」

茶屋は、直美の目尻にあつまった横皺を見ながらうなずいた。

「その人も見ていません。警察の方は、放火した犯人は、姿勢を低くして入ってきて、床に油、油じゃなくて、アルコールでした。それを撒いて、火をつけると、這うような格好で逃げていったんじゃないかといっていました。事務室の窓の外にはせまいカウンターがありますので、外の人がしゃがむと、姿は見えなくなります。……たしか竹元さんも、出火直前に入ってきたはずの若い女性を見ているかとお訊きになりました。……その夜、アルコールを売った二軒の薬局を見つけたのは、竹元さんだったと思います。薬局の人は、アルコールを買いにきたのは若い女性だったといっているとおっしゃいました。アルコールを買ったのは、細谷水砂さんではないんですか？」

「彼女は、アルコールを買ってもいないし、放火もしていないといっています」

「そういう人が、どうして裁判で刑をいい渡され、刑務所に送られたんですか？」

直美は、力を込めたいいかたをして茶屋の目をのぞいた。

「犯行を否認しても、事件当時のアリバイや目撃者の証言から、犯人にまちがいないとされたんです。それと、彼女の経歴、お母さんとは別居して、年齢を偽ってキャバクラで働いていたことなどから、母娘のあいだに確執があって、彼女は母親を憎んでいたものとみられ、ラブホテルへ入るお母さんを見た瞬間、殺意が起こった、と解釈されたようです」

「細谷水砂さんは、刑期を終えて出てきてからも、放火は自分ではないといいつづけているんですね」

「ですから、私を訪ねてきたんです」

「茶屋さんは、犯人は彼女ではないとみていらっしゃるんですね？」

「彼女を犯人とするには、納得しかねる点をいくつかつかんだところです。私の調査はまだまだですが」

茶屋は、竹元綾子も、水砂ははたして真犯人だろうかと疑問を抱いているといった。

「そうでしょうね。ですから当時のことをわたしに訊きにおいでになったんです。竹元さんは、あの事件から、そう何日も経たないうちに、警察をお辞めになりました。彼女はその理由を話しませんけど、あの事件とは無関係ではないのではと思ったものです。竹元さんとは、毎年、年賀状を交換していますし、そのほかにお手紙をいただいたことがあります。ここへお食事にもおいでになりました。いま、茶屋さんのお話をうかがって思いつきましたが、私があの事件に関するなにかを、思い出すのを期待していらっしゃるんじゃないでしょうか」

そうだろう、と茶屋がいったところへ、三人連れの男の客が入ってきた。レストランはこれからの数時間は忙しいのだろう。茶屋は直美に、なにか思い出したことがあったら連絡して欲しいといって、頭を下げた。


夕暮れ近くになった川沿いを歩いていた茶屋は、

「放火犯人は、女性とはかぎらない」

と、つぶやくようにいって立ちどまった。

「心あたりの男性でも?」

遥が一歩近寄った。

「心あたりの人はいないが、ふとこういうことを考えたんだ。ホテル・セシールへ入っていくカップルを、そこの近くで見ていた男がいた。カップルの女性は、その男の知り合いだった。知り合いというよりも、かつてその男とは特別な関係だったので、頭は火がついたように熱くなった……」

「男は、どうにも気持ちが落着かなくなった。それで、女性がほかの男と一緒に入ったホテルに放火したっていうんですか?」

「かつて付合っていたか、あるいは現在付合っている女性、あるいは妻が、ほかの男とホテルに入るのを目撃するという偶然が、まったくないとはいえない」

7月の最新刊

ステージ4の乳癌で、3年の余命宣告。
愛猫キャシーとともに、
命ある限り、私は書き続ける！

いつもおまえが傍《そば》にいた

今井絵美子

抗癌剤治療を拒否し、
執筆に懸ける女流作家の生き様！

■書下ろし自叙伝■四六判ソフトカバー■本体1500円＋税

978-4-396-63503-9

NON NOVEL

安《あ》芸《き》広島 水の都の殺人

旅行作家・茶屋次郎の事件簿

梓 林太郎

冤罪に導いた
警察の
絵図を崩せ！

母殺しの罪を着せられた娘の悲痛な叫び。
警察―検察―裁判所の横暴に切り込む！

■書下ろし長編ミステリー■ノベルス判■本体860円＋税

“名川”シリーズ最新刊！

978-4-396-21029-8

止まぬ重版！ 鳴り止まぬ称賛の声!! 話題の既刊

第155回 直木賞候補作

家康、江戸を建てる

門井慶喜

究極の天下人が
日本史上最大の
プロジェクトに打って出た！

5万部突破！

■連作歴史小説■四六判ハードカバー
■本体1800円＋税

978-4-396-63486-5

秋霜《しゅうそう》

累計100万部突破！

〝感動を刻む〟
羽《う》根《ね》藩シリーズ最新刊！

葉室 麟

覚悟に殉《じゅん》じた武士。
独り耐えるしかなかった女。
その寂寥《せきりょう》に心を寄せた、
孤独しか知らぬ男。
ひとはなぜ、かくも不器用で、かくも愛しいのか？

発売即重版!!

感涙必至の入魂作！

■長編時代小説■四六判ハードカバー■本体1600円＋税

978-4-396-63494-0

祥伝社 〒101-8701 東京都千代田区神田神保町3-3
TEL 03-3265-2081 FAX 03-3265-9786 http://www.shodensha.co.jp/
※表示本体価格および刷部数、記載情報は、2016年6月24日現在のものです

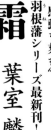

「まったくないとはいえないでしょうけど、セシールの放火にかぎって、犯人は女性です。二か所の薬局でアルコールを買ったのが、若い女性だったじゃないですか」

「男が、知り合いの若い女性に買わせたということも」

「もしも、もしもそうだったとしたら、男に頼まれてアルコールを買った女性は、黙っていないと思います」

口封じをしたかも、と茶屋は暮色に染まった川面を見ていった。そのときの茶屋も遥も、これからもどろうとしていたレーガンヒロシマに、待ちかまえている人がいたなど、毛先ほども想像しなかった。

2

タクシーを拾うつもりで広い道路へ向かいかけたところ、サヨコが電話をよこした。

「先生は、無事なんですか？」

妙な訊きかただ。

「なにをいいたい？」

「高峰さんは？」

「一緒だが……」

なにごともなければ、それでいいとサヨコはいって、電話を切った。彼女の声には力がなかった。期待を裏切られたとでもいっているように受け取れた。

レーガンヒロシマの正面玄関を入った。紺の制服のボーイが頭を下げた。何度も見た顔だが、きょうは冷たい表情をしていた。上司に小言でもいわれたのではないか。

ラウンジへ向かいかけると、上着の前をはだけた太い腹をした五十歳ぐらいの男と、長身で肩幅の広い四十歳見当の男が近寄ってきて、

「茶屋次郎さんですね？」

と、突き刺すような目をした。

「茶屋です」

年配のほうが上着の襟をつまんで警察手帳を見せ、広島中央署の村上《むらかみ》だといった。長身のほうは上杉《うえすぎ》と名乗った。

「うかがいたいことがあるので、署まで」

そういった村上は遥のほうを向いた。

「あなたは、高峰遥さんですね。あなたにも訊きたいことがあるので、一緒に」

「ご用は、なんですか？」

茶屋は警官の二人にいった。

「うかがいたいことがあるって、いったでしょ」

村上は太めの眉をぴくりと動かした。不愉快《ふゆかい》な思いをするとこういう表情を見せる男なのだろう。

「お二人は、刑事さん？」

「そう」

村上の眉がまたはねるように動いた。

茶屋と遥は、ホテルの玄関前にとまったグレーのワゴン車に押し込まれるようにして乗った。


茶屋は、サヨコのさっきの電話を思い出した。広島中央署は茶屋の事務所へ彼がどこにいるかを問い合わせたのだろう。サヨコは、分からない、と答えればいいのに、高峰遥という女性と一緒に、広島市中心部のレーガンヒロシマに泊まっていると教えたにちがいない。

サヨコは変わり者で、茶屋が旅先で思いがけない苦難に出くわすとうれしがるのだ。秘書と呼ばれている従業員なのに、敵か味方か分からない女である。今回の場合は、遥がくっついて行動しているのが、癪《しゃく》にさわっているようだ。

中央署はすぐ近くだった。茶屋がそれをいうと、

「不満ですか？」

村上が横でいった。

中央署では小会議室のような部屋へ案内された。ホワイトボードがあって、矩形《くけい》のテーブルを六、七脚の椅子が囲んでいた。遥はべつの部屋へ連れていかれた。

テーブルをはさんで、村上と上杉が並んだ。

「夕食をしようとしていたところですので、手短かにお願いします」

茶屋がいうと、村上は頰を引きつらせたような顔をした。薄く笑ったのだった。

「茶屋さんについて、何か所かに問い合わせしましたが、図々しいというか、厚かましい人なんですね」

「訊きたいことを、早くおっしゃってください」

村上はテーブルに置いた薄い書類を平手で叩いた。

「あなたは、七年前に広島市の繁華街で発生した凶悪な事件について、当時の関係者に会って、なにかを調べるようなことをしているらしいじゃないですか」

「事件を調べ直していますよ」

「犯人が挙がって、有罪が確定して、犯人は服役を終えた。そういう事件を、蒸し返すように調べている茶屋次郎という男がいるという通報が、警察に入った。それで、それはどういう男かを知るために、関係筋へ問い合わせた。あなたの過去を調べたんです。そうしたら、日本国中各地で発生した事件の捜査を、ときに妨害《ぼうがい》したり、ときに警察を非難するようなことを週刊誌に書いていた。あなたの本職は旅行作家じゃないんですか。名勝や人気の高い土地を流れる川の流域に残る伝説やお祭りを書くのが、本来の仕事なのに、事件に頭を突っ込んで、警察をあざ笑うような記事まで書いたことが分かった。今回、広島へきたのは、善良な市民が忘れていた、いや忘れなくてはならない忌《い》まわしい事件を、掘り返すようなことをしている。広島市民にとって、それは有害なんです。……いったん白と決まったことを、黒というと、なかには面白がる者がいる。そういう者にウケようとして、とっくに決着した事件に棒を入れて、引っ掻きまわしているんでしょ。さっさと帰りなさい」

茶屋は、風を起こして立ち上がった。

「ホテルへ帰れといってるんじゃない。東京へ帰って、そのひねくれた根性を入れ替えるために、どこかの山のなかにありそうなお寺へでもいって、修行なさることをすすめます」

村上はまた書類を手で叩いた。

茶屋はすわり直した。

「これはいいことを教わりました」

「山のなかのお寺で修行するということ？」

「事実をねじ曲げるというか、事件の被疑者にされた人の主張を汲《く》み上げようとしないで、状況証拠や妬《ねた》みを持った人の話を積み重ねて、世間の人が納得しそうなストーリーをつくるのが、あなたがたの仕事というか、性癖《せいへき》というか」

「なんだか、逆に失礼なことをいわれているようで、ひどく耳障《みみざわ》りだ。あなたは、図々しくて厚かましいだけでなくて、傲慢《ごうまん》なんだ」

「なんとでも。……じつは私は、七年前の放火殺人事件について、こちらへうかがって、当時、その事件をどのようにみていたかを知ろうと考えていましたが、その手間はなくなりました。予想外でしたが、きょうここへ連れてこられたことは、今後の取材に大いに参考になりました」

茶屋は椅子を立つと、「高峰遥は、私の取材活動をスケッチしているだけですので、意地悪をしないでください」

「意地悪なんて。警察は私情をもっての捜査はしていない、確固たる証拠にもとづいて、調べたり、事情を聴いたり……」

「そうあって欲しいものですが……」

「話はまだ終わっていない。すわってください」

村上は両手を上下させた。

茶屋は腰を下ろした。

村上は、白い用紙の書類を二、三枚めくると、

「凶悪な事件は、しょっちゅうどこかで起きている。そのなかからこの広島市の放火殺人を、あらた

めて調べる気になったといわれましたが、それには、なにかきっかけでも？」

「気になるようですね」

「気になる市民がいるんです。ですから警察へ通報したんです」

「通報した人は、なんらかのかたちで事件にかかわった。そのかかわりかたについて、良心が痛むことがある。痛むその原因に触れられる恐れがある。決着ずみの事件なのに、いまさらそこに触れられたくないので、茶屋次郎の行動にストップをかけろという意味で、通報した。あるいは、市民から通報があったことにした」

「実際に通報があったんです。七年前の事件を調べ直すことにした、きっかけを教えてください」

「六十歳の母親がラブホテルへ入るのを、目撃した娘は、動転したか、怒りがこみあげてかっとなってか、殺意が沸騰した。それで、ホテルに火をつければ……」


このような事件はめったになさそうだし、まるでドラマのストーリーのようなので、といいかけたところへ、電話が入った。たぶんサヨコだろうと見当をつけた。彼女は茶屋がどうなったかを知りたくなったにちがいない。

ケータイの画面に映っているのは番号だけだった。電話帳に登録してない人からだ。


茶屋は、村上と上杉の顔を見ながら、「はい」と応じた。

「流川町のもとやまでございます」

年配の女性の声がした。

「もとやまさん？」

「薬屋です。本山薬局です」

「ああどうも、このあいだはお邪魔しました」

「茶屋さんは、まだ広島においでてしょうか？」

「はい。まだまだ知りたいことがあるものですから」

「じつは、さっきおいでになったお客さんと話しているうちに、あることを、はっと思い出したんです」

　茶屋は、薬局の主人のはっと思い出したことをすぐにも聞きたかったが、あとでうかがうといった。

「そうですか。店は十時まで開けていますので、お待ちしています」

　電話を切った茶屋は、「わざわざ電話をくれた。きっと、重要なことを、思い出したんでしょう」と、独りごちた。

「茶屋さんが、いまやっていることに、関係のある人からですか？」

　村上が目を光らせた。上杉は少し上体を乗り出した。

「では」

　茶屋は、刑事が訊いたことに答えず立ち上がった。

　二人の刑事は、まだ話がすんでいないという顔をしたが、茶屋はショルダーバッグを肩に掛けた。

　上杉にケータイの番号を訊かれたのでそれに応えた。

　一階の長椅子に遥がすわっていた。彼女はノートにペンを走らせていた。茶屋とはべつの部屋で、何人かの警官から質問を受けていたのだ。その内容をノートに控えていたらしい。

「腹がすいているが、先にいきたいところがある」

　彼は遥に並んで、流川町のほうへ足を向けた。

3

「七年前のことを、いまごろ思い出すなんて」

　本山薬局の女主人は、茶屋たちに謝まるようなことをいった。

　夕方のことだが、何年も前から薬や栄養剤などを買ってくれている花森《はなもり》という女性客が、目薬を買いに来店した。その人の白い襟元には銀色のネックレスが揺れていた。そのネックレスを見た瞬間、はっと思い出したことがあった。七年前の問題の夜、若い女性が駆け込むように入ってきて、燃料用アルコールはあるか、と訊いた。店主は、ある、と答えて、足元の棚からびんを一本取り出した。客の女性は代金を払うと、急いでいるらしい足取りで店を出ていった。店主はその客に見憶えはなかったが、きれいな人という印象を受けた。それと、襟元を飾っていた銀色のネックレスのかたちに目を奪われた。その女性の顔立ちや着ている服よりも、ネックレスが目に焼きついた。

例の事件直後、問題の夜、燃料用アルコールを買った女性の年齢や、体格や、顔立ちや、服装などを捜査員に尋ねられたが、ネックレスのかたちや色は忘れていた。

「きょう、目薬を買いにいらっしゃった花森さんが、あのときの女性が着けていたのと同じ、いえ、よく似たかたちのネックレスをしていたんです。……それを、なぜ忘れていたのか……」

女店主は頭に手をやった。

「そのネックレスは、どんなかたちですか?」

茶屋は、ガラスケースをへだてて店主に訊いた。

「銀色です。細いクサリに小さなボールが付いていて、それの下の先端に十字架のような十字形が吊り下がっていますが、その十字形には、蛇なのか龍なのか、よく分かりませんけど、長い生きものが巻きついているんです」

全長は三センチ程度だという。じつに詳しい。彼女にははっきりした記憶があるようだ。どうして記憶が鮮明なのかを訊くと、花森と会話しながら、彼女の襟元を見ていたからだという。

遥は取材用のノートを取り出すと、白紙の部分を開いた。店主にもう一度、ネックレスのかたちをいわせてスケッチした。こういうかたちか、と描いた絵を店主に見せた。

「あら、お上手。そっくりですよ」

目薬を買いにきたという花森の住所を訊いた。

店主は北の方向を指した。

「五本目の道の角に、お好み焼き屋さんが五、六店入っているビルがあります。そのビルの六階です」

花森は、ビルのオーナーの妻だという。


古そうなビルの最上階の花森家は、夕食の最中だったようだ。少女らしい人の声とテレビの音がから み合って聴こえた。きょう本山薬局へいった人は四十歳ぐらいの主婦で、肌が白かった。ゆったりとしたグレーの半袖シャツを着ていたが、襟元に飾りはなかった。

名刺を渡した茶屋は、職業と訪ねた目的を話した。

「薬局のおばさんが、わたしのアクセサリーを見て……」

彼女は昼間、外出した。外の埃《ほこり》が目に入ったのか違和感があったので、薬局へいった。そのとき着けていたのが、トップに十字形を吊り下げた銀色のネックレスだった。

「それが問題なんですか。薬局のおばさん、それをいえばいいのに」

「奥さんがお帰りになってから、問題の事件を思い出して、私に連絡しようかどうしようかを迷っていたようです」

「あの事件から、もう七年が経ちましたか」

そういった彼女に、例のネックレスを見せてもらうことにした。

テレビを観ているのは少女だけではないようで、少年と思われる声がまざった。少女と小競《こぜ》り合いが生じたらしい。主婦は、食堂にいる子どもを叱りながら革の小袋を手にして出てきた。

「なにか黒い物の上でないと、見にくいですね。あ、下敷きがいい」

主婦にいわれて、十歳ぐらいの男の子が黒い下敷きを差し出した。その子の目鼻立ちは母親にそっくりだった。

小袋から取り出された銀色のネックレスが、黒い板の上に載せられた。かたちとサイズは、薬局の店主の記憶と合っていた。トップの十字形に巻きついているのは蛇で、皮の模様が彫られていた。遥のスケッチは本物に似ていた。

「奥さんはこれを、何年前に？」

茶屋が訊いた。

「十年ぐらい前です」

「広島で？」

「三越《みつこし》です」

彼女は、たしか二万五、六千円だったといった。

「放火の犯人が似たアクセサリーを着けていたなんて。これからはこれを着けるの、よそうかしら」

彼女はそういってから、犯人が着けていたのがまったく同じデザインの物とはかぎらないといった。これを買ったときを思い出したようだ。

「トップの十字形に巻きついているのは蛇ですけど、龍のがあったと思います。デザインは似ていますけど、材質がちがうのもありました。いまも扱っているんじゃないでしょうか」

茶屋は主婦に断わって、黒い板に載せたネックレスを撮影した。遥もそれを撮り、一歩退くと、資料を見ている茶屋を写した。


主婦に礼をいって花森家を出ると、ソースの焦《こ》げる匂いを嗅《か》いで鼻が動いた。さっきからじっとおとなしくしていた腹の虫が、騒ぎはじめた。

遥も腹を押さえた。茶屋の耳には聴こえなかったが、虫が、鳴き声を上げたのだろう。

「広島のお好み焼きを、食べた記憶がない」

「わたしは好きですよ。ボリュームがあるし」

三階へ階段を下り、鉄板をカウンターが囲む造作のお好み焼き屋へ入った。カップルが二組、煙を上げている鉄板をにらんでいた。

茶屋がイカにキムチを入れたのを頼むと、遥はカキ入りをオーダーした。生ビールで乾杯したが、遥はジョッキを置いた。問題の事件の夜、若い女性は薬研堀のくすりのニシでもアルコールを一本買っているのだから、店の人に、客のアクセサリーの記憶を確かめる必要があるといった。

「そうだった」

茶屋もジョッキを置いた。宮島のホテルに勤めている水砂に、仕事がすんだら電話をと、メールを送った。

お好み焼きは刻んだキャベツを山のようにのせ、押して固めて、四、五センチの厚さに焼き上げた。それを小型の箆《へら》で食べるのがここの流儀だという。遥は、広島のしきたりにしたがったが、茶屋は割り箸《ばし》をもらった。

くすりのニシの目の大きい女主人は、店のシャッターを降ろしかけていた。

「ああ、茶屋さん」

店主は名を憶えていた。

茶屋はあらためて訪ねた目的を話した。

「アクセサリーですか。さあ、若い女性だったとしか。……その人の服装さえもわたしはよく憶えていませんでした。事件のあとで刑事さんが、若い女の人の写真を持ってきました。アルコールを買ったのはこの女性だろうと訊かれましたけど、写真の人には見憶えがありませんでした」

どうやらこの店主は、アルコールを買った人と、刑事が示した写真の女性は、別人だと思っているようだ。しかし記憶に自信がなかったので、曖昧《あいまい》な返事をしたようだった。

「このネックレスに、見憶えありませんか?」

茶屋は、カメラの画面を見せた。

「あら。きれいというか、大人っぽい感じ。……これがなにか?」

「本山さんは、店のお客さんが着けていたネックレスを見て、事件の夜を思い出したんです。アルコールを買いにきた女性が、これにそっくりなのを着け

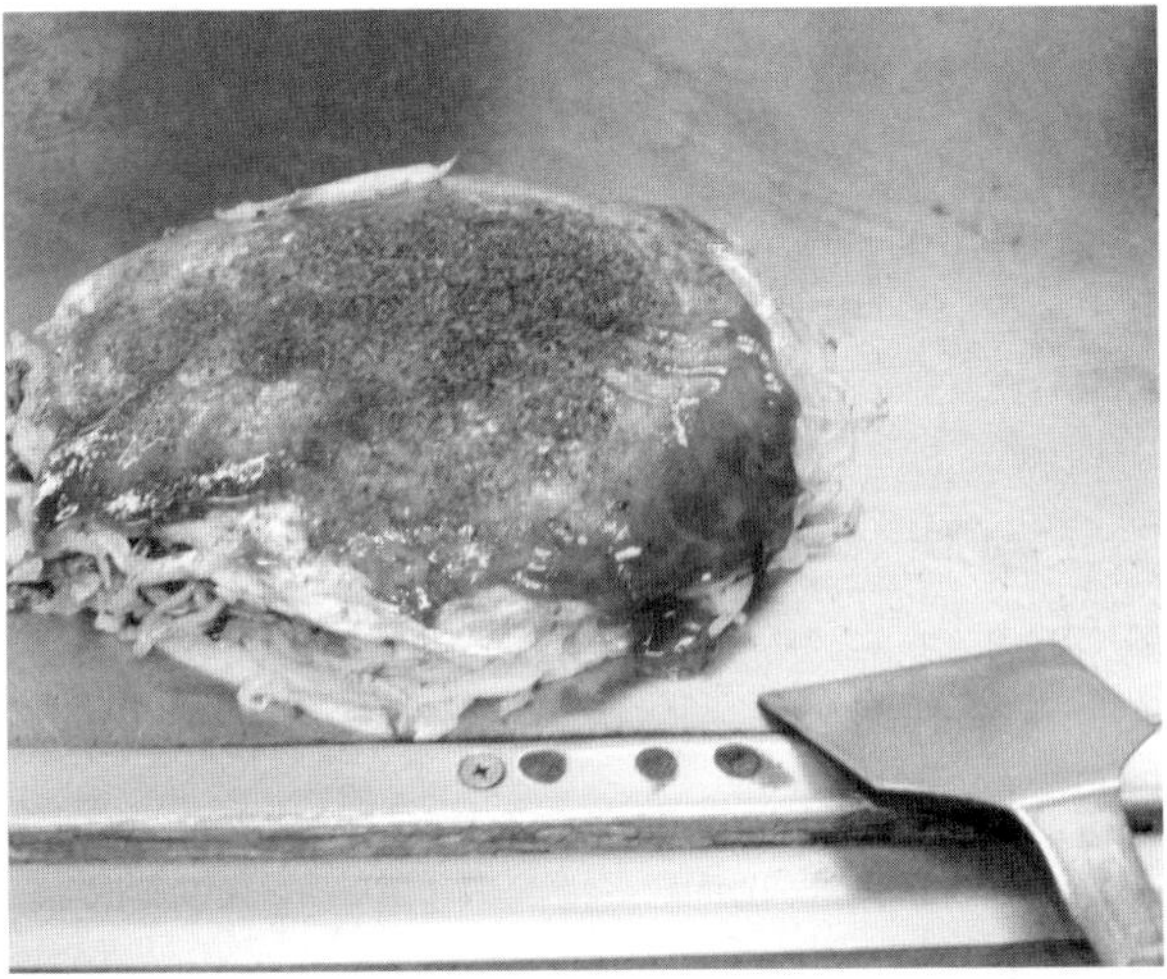

広島のお好み焼き。そば入り

ていたということでした」

店主はカメラの画面を見直したが、七年前の夜の客の服装や身を飾っていたものは思い出せないようだった。問題の夜、実際にアルコールを買いにきた女性があらわれても、この人だ、と確信を持って答えることはできないのではないか。

茶屋は思い付いて、燃料用アルコールの値段を訊いた。三百九十円だという。七年前も同じだったと思うと、店主は答えた。

繁華街を抜け、八丁堀や紙屋町を通ってホテルにもどった。広いロビーは閑散としていた。エレベーターに向かいかけたところへ、水砂から電話があった。

「クサリのトップに十字形が付いたネックレスを、持っていますか?」

茶屋は壁を向いて訊いた。

「ネックレスはいくつかありますけど……」

彼女は、アクセサリーを収めている函《はこ》のなかでも頭に浮かべているようだ。

遥が、スマホへ写真を送るのでそれを見て、とささやくようにいった。

二人は最上階のバーへ着いた。夜景を見下ろすように、何組かが窓ぎわの席でグラスをかたむけていた。窓の一角にはライトアップされた原爆ドームが映っているはずである。

カウンターの回転椅子に腰掛けたところへ、水砂が電話をよこした。遥がスマホへ送ったネックレスの写真を見たといった。

「似たのを、持っていますか?」

茶屋が訊いた。

「持っていません。高そうなのですね。わたしのは、キラキラ光るガラスの安いのばかりです」

彼女は笑っているように茶屋には聴こえた。

七年前の夏の夜の八時すぎ、繁華街の薬局で燃料用アルコールを買った人が水砂だったとしたら、やはり、銀色のクサリのトップに十字形の付いているネックレスは持っていない、と答えただろう。

あしたは宮島へいく予定だと、茶屋がいうと、

「それでは、こちらでお会いできますね」

水砂は急に弾《はず》むような声を出した。

「あなたは、昼間も夜も仕事では?」

「あしたは休みなんです。ほんとうは一昨日《おととい》が休みの日だったんですけど、同僚が急に休むことになったもので、わたしが出勤したんです。茶屋先生は、何時ごろいらっしゃいますか?」

昼前ぐらいに宮島に着くつもりだというと、泊まっている宿の場所によっては、鉄道よりも船のほうが便利だという。

「ホテルはレーガンヒロシマです」

「それでしたら、平和記念公園・元安桟橋というフェリー乗り場からのほうが便利ですし、一時間足らずで宮島に着きます」

船に乗ったら電話をください、と水砂はいって電話を切った。

遥は、バーボンの水割りを飲んでいた。

「アクセサリーについては、確認が可能な人がほかにもいますね」

茶屋は、［山崎］の水割りを一口飲んだが薄かった。カウンターのなかから茶屋の表情をうかがっていたらしいバーテンが、笑顔を見せて、酒をつくり直した。

「わたし、にんにくを利かせたエスカルゴをつまみたいの。先生は？」

さっきはカキをいくつも入れた分厚いお好み焼きをきれいに食べたのに、彼女の胃袋に棲《す》んでいる虫は、刺激のあるものを欲しがっているようだ。茶屋は木《こ》の実《み》とチーズにした。

「エスカルゴと生ハムにすればいいのに」

遥は、バーボンのグラスを揺すって、口元をゆがめた。彼女は慣れない土地へきて歩きまわっているので、疲れてきたのだろう。疲れると酒のまわりかたが早くなる人がいる。ひょっとすると彼女は酔うほどに愚痴《ぐち》をこぼしたり、溜まっている不満をつい吐き出したくなるタイプなのではないか。

彼女は同じ酒をお代わりしたついでに、ベーコンをカリカリに焙ったのをオーダーした。つまみがないと飲めないようだ。

「うちの編集長に聞いたんですけど、茶屋先生はいま、独身なんですってね」

「そう」

茶屋は、夜景を映している窓を見たまま返事をした。

「離婚なさったんですってね」

「何年も前に」

「お子さんがいらっしゃったんでしょ？」

「なんでも知ってるじゃないか」

「再婚しないんですか？」

遥は音をさせてグラスを置いた。

「相手がいないから」

「先生の事務所にいる二人、可愛いですね」

なにをいうつもりなのか。今夜の遥は、バーボンを飲んだとたんに仕事を忘れてしまったようだ。

茶屋の内ポケットがラテンのリズムを奏でた。電話はサヨコかハルマキにちがいない。二人もどこかで飲んでいそうだ。

「茶屋さんは、いま、レーガンヒロシマですか？」

中央署の上杉刑事だ。

茶屋はそうだが、と答えた。刑事は訊きたいことを思い付いて、これからホテルへ押しかけるといいたいのでは。時計は十一時を指そうとしていた。

「茶屋さんはあした、東京へ帰られるんでしょうね？」

上杉たちは、茶屋の行動と居場所をつかんでおきたいようである。

「帰りません」

「いつまで広島にいるんですか？」

「広島にきて、安芸の宮島を見ないわけにはいかないので」

「そうですか。赤い鳥居と社殿の観光を。そうそう、宮島の水族館も見ごたえがあるようですよ。ロープウェーで弥山《みせん》に登って、瀬戸内海の絶景を眺めてはいかがでしょう」

上杉は、観光案内人になったようなことをいった。彼は茶屋がレーガンヒロシマに宿泊するかを確かめたかったのだろう。

遥は、焙ったベーコンを一きれ口に入れたが、眠気がさしてきたらしく、顎が動きをとめた。

笑顔のバーテンが、ラストオーダーを告げた。

五章　宮島詣《みやじまもう》で

1

空はいまにも泣き出しそうな暗い色をしていた。風がなくて暑い。押し黙ってはいるが、急に大粒な雨を落としそうだ。

茶屋と遥は、原爆ドームに手を合わせた。人類史上最初の原子爆弾による被爆の惨禍《さんか》を伝える証人であり、核兵器廃絶と恒久平和を求める誓いのシンボルだ。

元安川左岸の船乗り場には［平和公園↑↓宮島］と書かれた白い船が着いていた。スナック・マリンバの志津は、ここのカフェに勤めているということだったので、店内をのぞいたが彼女の姿は見えなかった。これから出勤して、夕方まで勤めるのだろうか。

小型リュックを背負った人たちや、年配の団体客が乗って、船の座席は九割がた埋まった。

船は元安川をいったん遡行《そこう》し、元安橋をくぐると、左手に平和記念公園を見せて公園北端の分流点から旧太田川へと移った。橋をいくつもくぐった。両岸に工場群を映して海に出ると、赤や青に塗り分けた三階造りの観光船が右にも左にも見えた。

遥は、額を窓に押しつけていたが、海風を吸いたいといって椅子をはなれていった。会社から与えられた役目も仕事もとうに忘れてしまったようだ。しばらく経つと、髪を逆立ててもどってきて、

「先生。きれいな島が、ほらほら、いくつも」

と、窓を指差した。「空が晴れてきました。わたしお願いしたんです。晴れてって」

船はスピードを落とした。青い海の向こうに山脈《やまなみ》

が見えた。広島市街の奥は小高い山なのだ。岸辺には釣り船やヨットが浮いている。ヨットの上で白い短パンの男女が作業していた。

　桟橋を渡りきったところから水砂が頭を下げた。茶屋が単独でなかったからか、遥を見て意外そうな表情をした。遥は、水砂の一瞬の顔つきを読んだらしく、広島での茶屋の行動をスケッチするために押しかけてきたのだと説明した。

「あなたが勤めているホテルは？」

　茶屋は、近寄ってきた三頭の鹿のほうを向いた。

「表参道商店街です」

　全客室は有之浦《ありのうら》という浜辺と海を向いているのだという。

　水砂は、茶屋と二人で摂《と》る食事処を予約しておいたが、三人に変更するといって電話を掛けた。

　茶屋は何年か前、この宮島を訪ねたときを思い出したが、船着き場を出ると何頭もの鹿が寄ってきて、餌をねだった。きょうは鹿の数が少なく、後を尾《つ》いてくる鹿もいなかった。

「広島もですけど、ここも外国からの観光客が多いですよ」

　水砂は、リュックを背負って前を歩いている外国人を見ていった。

「あ、交番が」

　遥が足をとめた。廿日市《はつかいち》警察署宮島駐在所だった。

　日本三景の碑があらわれた。その前で鹿が二頭休んでいる。白い石灯籠《いしどうろう》が立っていて、その先はマツ並木だ。木の根元にいる鹿は茶屋たちを眺めていた。石鳥居の手前を左折した。そこが表参道だった。観光客が列をなして歩いていた。

　水砂に案内された店の入口には目の細かい格子戸が立てられ、紅色で［茂味地庵《もみじあん》］と控えめな木札が柱に貼り付いていた。店内の柱や壁や天井の色からして老舗《しにせ》のようだ。黒い色をした衝立《ついたて》が客席を仕切っていた。通路の左右から客の話し声が湧いてい

今に惨禍を伝える原爆ドーム

元安川左岸につける世界遺産航路の船

る。食事どきなので混雑しているのだ。

若い女性店員に案内されて席につくと、遥はぐるりとからだをひねって撮影した。

「お昼の定食を、勝手に頼んでおきました」

水砂の表情は東京で会ったときより明るかった。七年近い空白を経て社会復帰したのだが、この数か月のうちに仕事にも、職場の環境にもなじんだのだろう。彼女が現在勤めている宮島海景館への就職は、梁部説休の世話だったというから、経営者か幹部の何人かには波乱の経緯が知られているにちがいない。彼女の顔が明るいのは、周りの空気が和《なご》やかだからなのだろう。

「わあ、おいしそう」

遥はすかさず、黒い盆にのって運ばれてきた料理をスマホで撮った。

薄茶色の椀には穴子《あなご》飯、黒い矩形の皿に焼いたカキが二つ、味噌汁、漬け物二種、小皿に細切りしたハジカミ。

広島の繁華街のこぶ伝という料理屋でも遥は、「おいしい」を連発したが、「こんなにおいしいご飯、初めて」といって、細めた目を水砂に向けた。

「気に入っていただいて、よかった」

微笑した水砂を見た茶屋は、七年近くも服役していた人であるのが信じられなかった。彼女が犯したという事件を扱った刑事、検事、裁判官は、ホテルに火を放って母親を殺した冷酷な人間だと、確信したのだろうか。


旨い昼食を味わった三人は、厳島《いつくしま》神社へ向かった。意外だったが水砂は、潮の干満で景色が一変する赤い大鳥居を毎日眺めているが、社殿を参詣《さんけい》、見学したことはないといった。

「写真では見ていたけど、こんなに鮮やかとは」

遥は、参拝入口を見て声を上げたが、客《まろうど》神社に手を合わせてからはものをいわなくなり、コンパクトカメラを取り出して、東廻廊と、そこからのぞむ

日本三景の碑

大鳥居を撮った。観光客は列をなして廻廊をすすみ、御本社《ごほんしゃ》で拍手を打った。日本三大舞台の一つといわれている高舞台《たかぶたい》の周りには外国人が何組もいた。海に細長く突き出しているのは火焼前《ひたさき》だ。海のなかの大鳥居を真正面に見る場所である。かつては、船で訪れる参拝者を、篝火《かがりび》を焚《た》いて誘導したという場所である。

大国《おおくに》神社、天神《てんじん》社、西廻廊、能舞台、反橋《そりばし》などの国宝と重要文化財を見て、四十分ほどで唐破風《からはふ》の屋根の出口に着いた。

今回の旅行の出発前にサヨコが、『厳島神社を参拝するでしょうから』といって、謂《いわれ》を書いたものを渡してくれたのを、茶屋は思い出した。

「広島県廿日市市宮島町に鎮座。式内社・安芸国一宮。旧官幣中社。祭神は市杵島姫《いちきしまひめ》命・田心姫《たごりひめ》命・湍《たぎ》津姫《つひめ》命の宗像《むなかた》三女神。八一一（弘仁《こうにん》二）年名神と四時の幣帛《へいはく》（神への供物）にあずかる。一〇一七（寛《かん》仁《にん》元）年の奉幣で安芸国では当社のみがあげられ、この頃から一宮としての地位が確立したとされる。平清盛《たいらのきよもり》の安芸守就任以降、平氏一門の崇敬を集めて隆盛。この頃の神主は佐伯《さえき》姓だったが、承久《じょうきゅう》の乱後、藤原《ふじわら》姓神主となった。戦国期以降、大名の庇護《ひご》下にあったが、民間でも広く信仰された。

社殿は、平安末期に平氏の庇護をうけて壮大な社殿群が整備された。一二二三（貞応《じょうおう》二）年の火災後、四一（仁治《にんじ》二）年の再建建築が現存。廻廊でつながれる社殿は、満潮時には床下まで水没」


団体客を案内している女性ガイドに頼んで、茶屋を水砂と遥がはさんで記念撮影を撮った。女性ガイドは、カメラのモニター画面を見せて、これでよいかと遥に訊いた。

「写真を焼き増しして、細谷さんに送りますね」

遥はそういってから、「ほかに見たいところ、ありますか？」

と、水砂に訊いた。

茶屋は横を向いて、くすっと笑った。

水砂は、宮島水族館見学を希望した。いや、すすめたのだ。彼女は同僚と一緒に一度だけいったという。

幟《のぼり》がいくつも立っている大願寺《だいがんじ》に参ってから、水族館へ入った。瀬戸内海に棲息《せいそく》している魚類が主要だと案内板にあったが、ペンギンがいたし、トドがいた。海獣トドの食事風景は人気が高く、大勢の客が生魚を丸呑みする巨体に見とれたり、声を上げていた。

帰りは紅葉谷《もみじだに》川に沿って歩き、町家《まちや》通りに着いた。その通りには人影が少なくてひっそりとしていた。路地を出てきた白い猫が、茶屋たちをじっと見てから道を渡った。振り返ると、家々のあいだに厳島神社五重塔が見えた。

三人はカフェへ入った。カウンターに男客が二人いるだけだった。

茶屋は水砂に、梁部説休と新田建設の社長に会っ

海上より、厳島神社の大鳥居と社殿をのぞむ

大鳥居は潮の干満で表情を一変させる

たことは話したが、水砂が犯人とされた事件を、二人がどのような見方をしているかには触れなかった。

「あらためて訊きますが」

茶屋は前置きした。

水砂は、うなずくようにわずかに首を動かすとまばたいた。十七歳で家を飛び出し、年齢を偽ってキャバクラで働きはじめた女性であるのが信じられないほど、目の色は素朴《そぼく》である。

思い出したくないだろうが、と茶屋はいいかけたが、言葉を呑み込んだ。彼女は茶屋がやってきた目的を承知しているからだ。

「あの晩、あなたはお客さんの福村さんを送ってビルの一階に降りた。そのとき、ロングドレスを着ていましたね?」

「ピンクのドレスを着ていました」

「お金を持っていましたか?」

「タバコを買うつもりだったので、持っていました」

「ドレスには、お金を入れるポケットはないのでは?」

「わたしは、タバコとライターを入れている小さい袋を持っていました。それにはいつも千円ぐらい入れていました」

「福村さんを見送ってから、タバコを買いましたか?」

「買いました」

「店では吸えないのに、買った?」

「お客さんがいないとき、トイレか階段の踊り場で吸っていました」

問題の夜も水砂は、小袋に千円札を一枚入れていたとしよう。タバコを買ったとしたら、二か所の薬局で燃料用アルコールを買うことはできなかったはずだ。

そういうことを、取り調べにあたった刑事は訊かなかったのか。

「訊かれました。わたしはタバコを買ってから、店にもどったと答えましたけど、刑事さんは、『持っていたタバコには何本も残っていたのだから、買いにはいかなかった。あんたはホテルへ入った人を見て、タバコ屋とは反対方向へ走っていったんだ』といわれました。わたしは何回も、タバコを買いにいったといいましたけど刑事さんは、未成年者にタバコは売らないんだと、怒鳴られました。わたしのいったことはすべてつくりごととか、勘ちがいといわれていました」

水砂は、奥歯を噛んだようだ。

彼女の横顔に注目していた遥は、ノートにペンを走らせた。

茶屋は、宮島では会いたい人がいるので、と水砂に断わって、梁部説休に聞いた元刑事の大平が勤めている千春荘というホテルに電話した。しばらく待たされて、大平が応じた。

「茶屋さんのことは、梁部さんからうかがっています」

茶屋は、会いたいのだが都合は、と訊いた。

午後八時に勤務が終わるので、そのあとでならと大平は答えた。

千春荘は宮島桟橋前広場のすぐ近くだという。茶屋は大平に、ケータイの番号をメモしてもらった。

2

茶屋が大平に招ばれたのは千春荘の隣接地に建っている、従業員の寮だった。木造二階建てのアパートの造りだ。

「独り暮らしですので」

六十三歳の大平は断わってお茶をいれた。口の周りには不精髭が薄く伸びていた。小太りだが、顔の血色はよくなかった。

二人は、キッチンの円形のテーブルの椅子に向かい合ってすわった。茶屋は、遥を同席させようかどうしようかを迷ったのだが、彼女のほうから、『わたしはいないほうがいいと思いますので』といった。遥は、水砂と行動していたくなったらしかった。水砂を観察していたかったようだ。十九歳のとき、放火と殺人の罪で服役することになった女性など、めったにいるものではない。もしかしたら水砂は、だれにも話していない秘密を語るかもと、期待したとも考えられる。

「梁部さんから電話で聞きましたが、細谷水砂は、茶屋さんを東京の事務所へ訪ねたそうですね」

大平は、自分のいれたお茶を一口飲んだ。

「なんの予告もなく。若い女性がどんな用件なのかと、興味が湧きましたが、七年近くも服役していた人と聞いて、びっくりしました」

「思いがけないことだったでしょうが、茶屋さんとしては、収穫を感じたのではありませんか」

大平は、茶屋が各地を取材して書いているものを読んだようだ。梁部から話を聞いたあと、著書や雑誌などの記事を読んだのかもしれない。

「水砂は茶屋さんに、無実を訴えたそうですね？」

「いわれのない罪で逮捕されてから、七年近くも刑務所に入れられた。出所はしたが、悔しい思いと辛かった体験は忘れるわけにはいかないと、切々と語りました」

「最後まで、やっていないといい張っていた人ですから、それは悔しいと訴えるでしょう。……茶屋さんは、水砂の話の筋を追って、広島でお調べになったことがあるんですね？」

「事件発生直前のもようを、彼女に詳しく訊きました」

ピンクのドレス姿の水砂は、スナックの客の福村を送り出したビルの一階で、タバコを一本吸った。タバコが残り少なくなっていたので、近くのタバコ屋で一個買って店へもどった。そのすぐあと客が二人入ってきて、『ホテルが燃えている』といった――水砂が事実だと、茶屋に語った内容である。

大平は首を横に振った。その顔は、水砂のつくり話だといっていた。

「彼女がビルの一階でタバコを吸っていたら、五、六〇メートルほど先のラブホテルへ入る母親を目撃した。それを見た瞬間、カッとなって、ホテルに放火して母親を殺すことを思い立ち、燃料用アルコールを買うために、薬局へ走った、ということですが、裾の長いドレスを着ていると、速くは走れないものです。二か所の薬局でびんに入っているアルコールを買ったのですから、なお速くは走れない。店の客を送りにいった彼女は二十分ほどしてもどってきたと、店の同僚は記憶しているようですが、ホテルに火を放った者が、二十分ぐらいで店に帰着するのは不可能です。……それに、二軒の薬局の人は、燃料用アルコールを若い女性が買いにきたのは憶えていますが、その客がドレスを着ていたことは憶えていません」

茶屋がいうと、大平は眉間を寄せた。

「薬局は二軒とも飲食街にあります。毎晩、ドレスを着た女を何人も見ているので、水砂の服装が特別には見えなかったんです。茶屋さんは、水砂の肩を持っているから、彼女の話のほうが正しいと思い込まれているんでしょ。あの子は、可愛い顔をしているが、虚言癖があります。高校を中途でやめさせられたので、水商売で食っていこうとした。最初、キャバクラへ入ったが、そのときは高卒だと偽った。面接のさい店長には、家族と同居だといったが、じつは母親と喧嘩のすえ、家出していたんです。家出したのでアパートを借りて暮らしていたのに、取調べのとき、母親とは仲違いしたんじゃないなんていい張っていました。……六十にもなって、ラブホテルを利用していた母親のほうにも問題はあったんです。働いていなかったし」

「今回、私は、流川町から薬研堀、それから堀川町を歩きましたが、防犯カメラが何か所かに付いていましたた。七年前は現在より少なかったかもしれないが、いくつかは付いていたでしょう。マリンバが入っている田川ビルから本山薬局、そこからくすりのニシ。そしてホテル・セシールの間の防犯カメラに、ドレスを着て走っている水砂さんが映っていましたか?」

「彼女は、防犯カメラの位置を知っていたので、それをよけて走ったにちがいない」

防犯カメラは問題の夜の水砂の姿を捉《とら》えていなかったのだ。燃料用アルコールを買おうとする者が夢中になって走っているのに、いくつもの防犯カメラの視野を避けるなどという芸当ができるはずがない。

大平の答えが幼稚に聞こえたが、茶屋は反論しなかったし、つとめて表情を動かさなかった。

「ホテル内で亡くなっていた細谷容子さんですが、死因はなんでしたか?」

「煙を吸い込んだからです」

「遺体を解剖しましたか?」

「火災によるものと分かっていましたが、念のために解剖しました」

「推測どおりでしたか?」

「べつの原因が考えられるとでもいうんですか?」

「警察は、そういう疑いも視野に入れたろうと思ったものですから」

「煙です。もう一人の死亡者の男の死因も同じでした」

大平は怒ったようないいかたをした。

「容子さんの服装は、どうでしたか?」

容子は二階の廊下に倒れていたということだった。

「二階部分の三分の二ほどは焼けていませんでした。彼女が利用した部屋にも火はまわっていなかった。廊下に倒れていた彼女はシャツを着ていたし、ズボンを穿《は》いていました」

彼女が利用した部屋からはバッグと、彼女の所持品と思われるものが見つかり、バッグのなかの健康保険証などが身元判明のきっかけになったという。

「亡くなった男性は、容子さんの隣室を利用していたということでしたが?」

「そうです。容子さんの同伴者ではありません。その男性が女性と一緒に入ってきたところを、当時受付をやっていた従業員が見ていました」

中西直美のことだ。彼女は、容子が入ってきたのを見ていなかった。自動会計システムの盲点だ。もしかしたら容子は、単独だったのではないか。

「容子さんが利用した部屋からは、彼女の所持品以外のものは、見つからなかったんですね?」

「部屋にあったのは、バッグと紙袋に入っていたものだけでした」

紙袋の中身は何だったのかを茶屋は訊いた。白地に花の絵が付いたTシャツが二着。包装紙にも手提袋にも、市内のショップの名が付いていた。バッグにはそのショップのレシートが入っていた。容子は死亡した日にそれを買っていたことが分かった。


茶屋は容子の遺品となった「花の絵の付いた二着のTシャツ」とメモして、それを丸で囲んだ。大平は、ペンを走らせる茶屋をじっと観察しているようだったが、

「水砂は、茶屋さんにべつの事件《ヤマ》を話しましたか?」

と、思いついたといったふうないいかたをした。

「べつの事件……ホテル火災の事件以外は聞いていません」

べつの事件とはなにかを、茶屋は訊いた。

「彼女がキャバクラのチェリーチカからマリンバに移る一か月ぐらい前でした。チェリーチカが入っているビルの非常階段から、その店のボーイが転落して重傷を負いました。その男が転落するのを、道路から見ていた人がいて、屋上には女がいた。ボーイは、その女に突き落とされたにちがいないといったんです」

ボーイは、転落を目撃した人の通報によって救急

車で病院へ運ばれた。顎や背中を強打したのが原因で、何日かは意識不明だった。彼は記憶を失い、言語の自由をも失う障害者となって、江田島《えたじま》市の実家で静養していた。現在、どうしているかは分からないという。

「チェリーチカのほかのボーイやホステスの話だと、水砂はときどきビルの屋上でタバコを吸っていたことが知られていたし、重傷を負ったボーイは、彼女のことが好きだったようです。ホステスのなかには、ボーイを非常階段から突き落としたのは水砂にちがいないといっている者がいました」

その事件では、チェリーチカの従業員全員が事情聴取を受けた。水砂は、ボーイが転落したとき、出勤前だったと述べた。

ホテルの放火殺人事件に関する取り調べのなかで、取調官はボーイ転落事件についても水砂を追及した。だが彼女は、『出勤していなかった』と主張を曲げなかった。

ボーイは、首藤進《しゅどうすすむ》といって、怪我を負った七年前は二十一歳だった。

ボーイ転落事件は、店の評判に影響するので話題にするなと、従業員はママや店長に注意されていた。

「水砂さんは、ときどきビルの屋上へのぼっていたということですから、タバコの吸殻《すいがら》が落ちていたり、彼女の痕跡が残っていたのではありませんか？」

大平は、首を横に振った。そういうものがあれば、警察はとっくに検査や鑑定をしていたというのだろう。

3

水砂と遥は、町家通りの小料理屋にいた。その店の営業は終わったが、二人のために二階の一室を貸してくれたのだという。座卓が二つあって、一つにはビール、日本酒、ウイスキー、氷、水などが置かれていた。自由に飲《や》ってくれといわれたようだ。

茶屋が、二人のいる部屋に着いて十分ほどすると、「すみません。ちょっとお邪魔します」と女性の声がした。

水砂はこの店の娘だと、すぐに分かったようで、「どうぞ」と応じた。黒いTシャツにジーパンの二十代後半に見える女性が、廊下に膝をついたまま、茶屋の著書を二冊、畳の上を滑らせるように置いた。サインしてもらいたいというのだった。娘には水砂が、茶屋がくることを話しておいたようだ。

娘がサインペンと一緒に差し出したのは、「京都・保津川」と「京都・鴨川」だった。

茶屋のサインを見て、彼女は白い歯を見せ、また丁寧な礼をいって下がっていった。

水砂が別居したあと、容子が独りで住んでいた本川町の家の整理はだれがしたのかと、茶屋はビールを一口飲んで水砂に訊いた。


「呉《くれ》市に住んでいる叔母《おば》が。母の妹です」

「お母さんは、亡くなられた日、市内の店でシャツを二着買っていますが、それを知っているでしょうね?」

「知っています。警察で見せてもらいました。母は、わたしのために買って、持っていたんだと思います」

「あなたのために、シャツを二着。……水砂さんの誕生日は?」

「六月三十日です」

事件は七月二日だった。

「シャツには、花の絵が付いていたそうですが、憶えていますか?」

水砂は、布製のバッグからスマホを取り出した。一点は、Tシャツを一点ずつ撮った画面を見せた。一点は太陽のように輝くといわれるヒマワリ。もう一点は黄色の五つの花片とハート形をした緑の葉。

「カタバミですね」

遥が、可憐《かれん》な黄色の花を見ていた。「カタバミの花言葉は、『母のやさしさ』です。ヒマワリの花言葉は『あなただけを見つめます』です。花言葉は、花の好きな母が、わたしが幼いときから繰り返し口にしていたので、しぜんに憶えたんです」

遥はそういってから、「母の話なんかして、ごめんなさい」と口に手をあてた。

水砂はわずかに首を動かして、

「わたし、花言葉なんて、ひとつも知りません」

といって、自分が撮ったシャツの写真をしばらく見つめていた。

七年前の七月、容子は、水砂に与えるシャツを買った。娘の誕生日にプレゼントを渡したかったが、からだの具合かなにかの都合で買いにいけなかったのではないか。二日遅れになったが、花の絵のシャツを二着買って、マリンバに出勤している水砂に渡すつもりだったような気がする。

警察の見解では、七月二日の夜の水砂は、ビルの一階で客を見送るとタバコを吸うため、すぐに店にはもどらなかった。そのとき、斜め先の位置にあるホテルへ入っていく母の姿を認めた。水砂は激高した。殺意が沸騰した。思いついたのは、ホテルに火をつけることだった、となっている。元警官の竹元綾子によると、事情聴取のために警察に呼ばれた水砂は、容子がホテルにいたことを知らなかったようだという。容子は、水砂が田川ビルの一階で客を見送ったその前に、ホテルに入っていたのではないか。

容子は水砂への誕生日プレゼントの品を持っていた。そこは利用者の目的が明白なホテルだったが、容子の利用目的は男性とすごすためではなかった。彼女は単独で入った。二階の部屋に独りでいた。死亡して発見された彼女は着衣を身に着けていた。手術を受けたあとの健康はすぐれず、長年勤めていた会社を辞めざるをえないからだになっていた。水砂に家を出ていかれて、独り暮らしになっていた。そういう母親を棄《す》てるようにはなれていった水砂を、世間は不良娘とみていたにちがいない。しかし母娘は、縁を切るような間柄になっていたわけではなさそうだ。家を出ていった後の水砂が、実家に立ち寄ったのを見た人もいた。

七年前の七月二日夜の容子は、流川町のマリンバに出勤している水砂を呼び出して、誕生日プレゼントを渡すつもりだった。が、繁華街を歩くうち、急にからだに変調を感じた。歩いたり立っているのが困難になった。歩く先にホテルのネオンを見つけたので、しばらく寝《やす》むつもりで入った。二階の部屋のベッドで、体調の回復を待っていた。まさかそこが火災になることなど、露《つゆ》ほども想像しなかった——

三人は深夜に、水砂が手配しておいた宮島海景館へ移った。

遥は、日本酒の小さな小びんをつかんで、二階の部屋へ入った。水砂は遥に、「お風呂は、あしたの朝にしてくださいね」といった。遥は寝床《ねどこ》にあぐらをかいて、本日の仕上げをするように酒をラッパ飲みして、そのままそこに倒れるだろうと茶屋は想像しながら、五階の部屋へ入った。窓の外は海だった。海をへだてて広島の灯が薄く散っていた。目を真下に向けた。ほの暗がりのなかを動くものがいた。暗さに目が慣れてくると、それは波打ちぎわを歩く鹿だと分かった。二頭いた。一頭の後ろを追う鹿は小さかった。母と子のように見えた。こんな夜中に餌でもさがしているのだろうか。

朝食の終了は九時半だという。茶屋が食べ終えても遥はあらわれない。もしかしたらまだ寝床のなかなのか。昨夜の酒の残りで、食事どころではないのだろうか、と思ったところへ、「先生、おはようございます」と、茶屋の前へ遥が立った。彼女は新聞を手にしていた。

彼女は地元紙の朝刊を茶屋のテーブルに置くと、

トレイを取りにいった。茶屋は、けさの遥がどんな食事をするかを見ることにした。

彼女は、トレイにいくつかの器をのせてもどってきた。ご飯、味噌汁、焼海苔、佃煮、漬け物。彼女はお茶を一口飲んでから、最も日本人らしい朝食を、黙ってきれいに食べ終えた。立ち上がった。コーヒーでも取りにいったのかと思っていたら、茶碗に半分ほどご飯をよそってきた。生タマゴを割ってかけ、音をさせて一気に食べ、息を、「はあ」と吐いて、腹をさすった。

「温かいご飯が、とてもおいしく、そして最も簡単な食べかたを、先生はご存じですか?」

「朝から、クイズか?」

茶屋は新聞をたたむと、「塩味のおにぎり」と答えた。

「味付けでない海苔を一枚置きます。その上に温かいご飯を平らにのせ、醤油を振り掛け、それを海苔でくるりと巻く。手づかみで、がぶりと」

「うーん」

茶屋は、いつか自宅でやってみようと思った。

浄開寺住職で保護司の梁部説休に電話した。元刑事で、ホテル放火殺人事件捜査班の班長として、細谷水砂の取調べにもあたった大平益弘に会ったことを話した。

「水砂の犯行を確信しているようでしたか?」

梁部が訊いた。

「大平さんの話にはいくつかの矛盾があります。たとえば、水砂さんが燃料用アルコールを買うために、二か所の薬局へ走っていったとする点です。走っていったといわれる道路には何台もの防犯カメラが設置されていたのに、彼女の姿は捉えられていない。大平さんは、水砂さんはカメラの視野を避けて走ったんだと、子どもだましのようなことを答えました。それと、水砂さんはドレスを着ていたのに、薬局の人はそれを憶えていなかった。それについて大平さんは、繁華街の薬局の人はドレス姿の女性を見慣れているので、印象に残らなかったのだろうと、想像を語っていました」

梁部は、「そうですか」といっただけで、感想を口にしなかった。

「大平さんは、ホテル放火殺人事件以外の事件にも、水砂さんは関与しているといいました」

「チェリーチカのボーイが転落した事件では」

「ご存じでしたか」

「首藤進という名のボーイは、何者かに突き落とされたにちがいないとされています。しかし警察は、その犯人を挙げることができずにいた。そこへ例の放火殺人事件が発生しました。水砂が引っぱられていくと取調官はまず、ボーイの事件を追及したようです。しかし水砂は否認しました。放火殺人についても無関係だといった。警察はボーイの事件の犯人は、水砂だと確信していたようです。しかし否認された。起訴できないと踏んだので、ボーイの事件は不問。そのかわり放火殺人は認めろと迫ったようです」

「梁部さんは、ボーイの事件に関して、水砂さんになにかお聞きになっていますか？」

「聞いていません。すべては裁判官が決めたことですので、私はこれからの彼女を見守ってあげるだけです」

梁部はそういってから、茶屋のこれからのスケジュールを訊いた。

ホテル・セシールの火災で死亡したもう一人の男性について調べてみたいのだと答えた。

「私は、その人のことをいおうと思ったんです」

梁部は紙を動かすような音をさせた。

茶屋は取材ノートを開いた。七年前に死亡した男の名は前田正知で、四十四歳だった。

「茶屋さんがまだ宮島にいらっしゃるのでしたら、観水亭《かんすいてい》というホテルの社長にお会いになったらいかがでしょう。前田正知とは親友の仲で、ヨット仲間でもあったということです。前田の身元は、死亡時にホテルの部屋に遺していた運転免許証によって分かったんですが、彼はその二年前から行方不明になっていたということです」

「行方不明……」

行方不明にはなんらかの原因なり理由があったろう。働きざかりの年齢のそういう人が、女性と利用したホテルの火災で死亡した。

梁部は行方不明になる前の前田正知の住所を教えた。広島市安佐南《あさみなみ》区長束《ながつか》だったという。

地図を広げた。遥は、スマホでも調べることができるのに、という顔をした。可部《かべ》線に安芸《あき》長束という駅があって、前田という男が住んでいたところは、太田川右岸に近そうだと分かった。

遥はスマホを耳にあてると、踵《かかと》でからだを回転させ茶屋に背中を向けた。三、四分話してから向き直ったが、口元がとがって目尻が吊り上がっていた。

「うちの編集長ったら、ひどいんですよ。茶屋次郎といつまで一緒にいるんだって。事件を調べ直す茶屋先生にくっついて、取材しろっていったくせに」

「旅の空」編集長の間所に、会社には仕事が山のように溜まっているのだから、すぐに帰ってこいといわれたのだという。

4

遥は東京へ戻った。茶屋は身軽になった気がした。

宮島のホテル・観水亭は、水砂が勤務しているホテルとは二〇〇メートルばかり宮島桟橋に寄っていた。白い壁に焦茶の額縁をいくつもはめたような外観で、客室の窓は海を向いていた。客が出払ったフロントには同じ服装の女性が二人立っていた。

「社長さんにお会いしたいのですが」

茶屋がいうと、いくつか歳上と思われるほうの女性が、社長は来客中だが、面会の約束をしているかと訊いた。

茶屋は名刺を渡して、社長に訊きたいことがあるのだと、眉を細く描いた顔にいった。名刺を受け取った女性は肩書きのない名刺を初めて手にしたのか、じっと見てから、

「あのう、茶屋次郎さまですか?」

と、珍しいものを見たような目をした。

茶屋は、「はい」とだけいった。

「あのう、雑誌でよくお見かけする、茶屋次郎さんですか?」

「たまに、雑誌にも、ものを書いています」

「ありがとうございます」

宿泊を申し込んだわけでもないのに、なにがありがたいのか。

彼女は、茶屋の名刺を薄い胸に押しつけて背中側のドアのなかへ消えた。フロントに残った一人は口を少し開けて、値踏みするような目で茶屋の全身を見まわした。

名刺を受け取った女性は、茶屋を応接室へ招いた。フロントにいたときとは物腰がちがっていた。

「宮島には、何度もいらっしゃいましたか?」

「たしか、三回目だと思います」

「では、あちこちご覧になられて」

「今回は初めて水族館を見学しました」

「それはよろしゅうございました。あそこの屋上にはトドがいまして、日に何回か生の魚を……」

ドアにノックがあって年配の女性が顔だけのぞかせた。

社長は間もなくくるので、とフロント係はいって出ていった。

麻のスーツの社長がやってきた。河北勝国《かわきたかつくに》といって、五十歳見当だった。世界遺産で日本三景のホテルにふさわしいスマートで顔立ちのととのった人である。

「いま、社員に聞きましたが、たいそうご活躍の旅行作家の先生だそうで」

河北社長は、茶屋の名を初めて知ったようだ。彼

は、旅行作家がどんな用件を持ってきたのかを、早く話してくれという顔をした。

七年前に、広島の繁華街のホテルで死亡した前田正知と親しかったことが分かったので、というと、

「前田のどういうことをお知りになりたいんですか?」

わずかにだが、河北は眉間《みけん》に変化をみせた。

「前田さんは、お亡くなりになったとき四十四歳でしたが、その二年前から行方不明になっていたそうですが?」

「そのとおりです。行方不明になっていた彼が、あのような場所で死んだなんで……」

河北は明らかに不快な顔をした。

茶屋は、前田の行方不明の状況を訊いた。

「彼は、ヨットをやっていました。自分ではヨットを持てなかったので、私のヨットで遊んでいたんです。いまから九年前の七月、いつものように私のヨットに独りで乗っていました。その日、私には仕事があって広島にいました。夕方にはここへもどって、前田と一杯飲る約束でした。もどる途中に社員から電話で、私のヨットが漂流しているという連絡を受けたのを知りました。つまり乗っていた前田は海に落ち、這い上がらなかったということです」

日が暮れて、その日の捜索はできなかった。次の日は夜明けとともに広島湾での捜索が行われた。だが前田は発見されなかった。回収されたヨットには異常は認められず、前田が転落した原因も分からなかった。船が頻繁《ひんぱん》に往来している海なので、前田は死亡したとしても、何日も経たないうちに発見されるものと思われていた。

「前田正知さんの職業はなんでしたか?」

「一級建築士です。三、四人の仲間と広島市内に事務所を設け、事務の女性を一人採用して、前田が所長になって運営していたんです。法人登録をして三年ほど経っていました。仕事が切れたことはないといっていましたから、まず順調だったと思います」

家族は、妻だけだったという。

前田正知は、九年前に海では死んでいなかった。帆走中の事故とされていたが、それは偽りだったのか。彼はヨットから海に飛び込んで人目のない地点で陸に上がり、そのまま隠れたのだろう。妻も、事務所の人たちも、そして親友の仲だった河北をも裏切って、隠遁《いんとん》生活を送っていたにちがいない。彼の、死んだことにしたい事情とはいったいなんだったのだろうか。

「経済的な問題で悩んでいたとか?」

茶屋は思い付きをいってみた。

「銀行からの借入れはあったということですが、それは大した額ではありませんし、返済に追いかけられる性質のものではありません。奥さんに訊きましたが、個人的な借金はなかったようだといっていました」

妻は夫の経済的背景を詳しく知ってはいなかったようだ。

「世間から消えたい理由……」

「彼がホテルの焼け跡から見つかったのを知って、集まった人たちと、それまでの前田の暮らしぶりや事務所のことなどを、あれこれ話し合ってみましたが、『彼にかぎって』という人ばかりで、彼の秘密や、影の部分といったことを知っている人はいないようでした」

「奥さんは、どうでしたか?」

「当然ですが、沖で死んだものと思っていましたので、それは驚いたようでした。それと場所が場所なだけに、体裁《ていさい》が悪いと」

河北は、前田の妻だった人とは五年ぐらい会っていないという。

「何年か前に出した年賀状が、受取人不明でもどってきました。前田とは歳がはなれた若い人だったので、再婚したんじゃないでしょうか」

名は江莉《えり》といって、前田とは十歳ほどの差があったという。

「前田さんが所長だった建築設計事務所は、どうなったかご存じですか？」

「森野《もりの》という人が所長になって、以前と同じところでやっています。森野さんは、ホテルの改装などの計画があったら指名してもらいたいといって、お見えになったことがあります」

茶屋は、前田の妻だった人と、設計事務所の所在地をメモした。

椅子を立ってから、

「前田さんの奥さんだった江莉さんも、ヨットをやっていましたか？」

思い付いて訊いた。

「さあ、聞いたことはありませんでしたし、私のヨットに乗ったこともありません」

「水泳はどうでしょうか？」

「茶屋さんは、まさか彼女がと？」

「そういうことが、まったくないとはいえませんので」

「たまにありますね。夫に高額の保険を掛けておいて、手を下す人が」

観光ホテルの社長は、忌まわしいものを振り払うように首を振った。


どこかで昼食をするか、それとも平和公園行きの白い船に乗るかを迷っていたら、遥が電話をよこした。彼女が乗った新幹線は新大阪を出たところだという。七年前のホテル火災で死亡した男は、その二年前に行方不明になっていた。その調査に取りかかった結果はどうだったか、と彼女は訊いた。茶屋は、九年前の夏、宮島沖の海でヨット帆走中に姿を消したのだと話した。

「その事件、面白そう。編集長にいって、広島へ引き返そうかしら」

「クビになるぞ」

茶屋は電話を切った。

それを待っていたように「女性サンデー」編集長

の牧村が、バケツに入れたガラス片を引っ搔きまわしているような声で電話をよこした。

「思いどおりに、取材ができていないでしょ？」

「妙ないいかただが、どうしてだ？」

「高峰遥が、ぶら下がったり、からんでいるからでしょ？」

「彼女は帰った」

「先生がフったんですか？」

「編集長に帰ってこいっていわれたんだ」

「茶屋先生と何日も一緒にいると、問題が起きる可能性があるとみたんです。間所氏は」

「問題とは？」

「三、四日、一緒にいたんですから、彼女のクセみたいなものが分かるでしょ？」

「あんたのクセには、常づね閉口していたが、彼女には手を焼くようなクセはなかった」

「彼女の酒の強さは、業界では知られています。週に一回ぐらいは、寝床にまで酒を持ち込むそうです。あくる日は、前の晩なにをしたかをまったく憶えていないそうです」

「本人に聞いたのか？」

「彼女の同僚の話。……ところで先生、広島の取材はまだ何日かかかりそうですか？」

「ああ、不可解な行方不明と、不可解な死にかたをしている男の足跡と、その周辺を調べることにしたところだ」

「母を殺した少女の件は？」

「ホテルの火災で死んだのは、不良のレッテルを貼られていた娘の母と、二年前に死んだとされていた男だった。二人の死にかたがどうも気になる」

「その二人は、知り合いですか？」

牧村は、首を突っ込むような訊きかたをした。

「知り合ってはいなかったと思うが、そこのところもこれから」

牧村は、茶屋独りでは手がまわりかねるだろうから、手伝いにゆくといった。

「こなくていい。いや、こないでくれ。あんたが近くにいると、自由に動けなくなりそうだ」

「茶屋次郎は、人の好意を酌《く》み取れない男」

牧村は毒突いて電話を切った。

5

「先生、こんにちは。

しばらくお声を聴いていないし、お姿も見ていませんが、お元気でしょうか。

東京はきのう、気温が三十三度もあって、渋谷駅前では熱中症で倒れて、救急車で運ばれていく人を見ました。広島は海が近いので、東京より涼しいのではありませんか。東京のきょうは、きのうよりも暑くなるという予報です。

おとといからサヨコは、頭痛が治らないといって、わたしが話しかけても返事もしません。前にもそういう日があったのを思い出しましたが、そのとき先生は北海道へいってて、一週間ばかり帰ってきませんでした。サヨコの頭痛と先生の長期不在は関係があります。

さっき牧村さんから電話があって、今夜は生ビールをがぶ飲みしようというお誘いでした。その結果は、あしたお知らせします。

ヒロシマノカキ、クイテェ　ハルマキ」

茶屋は、平和公園行きの白い船のなかでメールを読んだ。

きょうは好天だ。青い海は鱗《うろこ》を撒き散らしたようにまぶしい。船体に赤やブルーのラインを巻いた観光船が左にも右にも見えた。赤いクレーンをそなえた工場群が窓に映った。白い海鳥が船すれすれに飛んでいた。

元安川の遊覧船乗り場に着いた。外国人の団体のあとについて桟橋に出たところで、カフェをのぞいた。きょうは志津がいた。彼女は白い前掛けをして、飲み物を運んでいた。

外国人の団体は平和記念公園へ入った。彼らは広島平和記念資料館を見学するようだ。きょうの茶屋は、平和の灯に祈りをささげる気になった。世界中の核兵器がなくなるまで消されずに燃えつづける灯に手を合わせた。そして、原爆の子の像にも頭を下げ、合掌《がっしょう》した。

ホテル火災で死亡した前田正知が仲間とやっていたというM&M設計事務所は、中区袋町《ふくろまち》のビルの二階にあった。道路に面した窓のガラスに、白い文字の社名が書いてある。

ドアを入ると、三十歳ぐらいに見える丸顔の女性がすぐに椅子を立ってきた。茶屋は、所長の森野氏に会いたいといった。女性は、図面を引いている二人の男のあいだを通って、衝立の向こうへ消えた。

四、五分して、背が高く陽焼け顔の男が出てきた。森野幹男《みきお》だった。茶屋が手短かに用件を告げると、森野は一階のカフェで話そうといってから、顔を曇らせた。前田正知のことは思い出したくないのではないか。森野は丸顔の女性に小さな声でなにかいうと、先に立って階段を下りた。

白いテーブルと椅子を並べたカフェで向かい合うと、宮島の河北に会ってきたことを茶屋は話した。

「そうだろうと思いました。前田は河北さんとは親友の間柄でしたので。……それから前田は……」

九年前、河北のヨットを借りていたことを、森野はいおうとしたらしい。

「九年前の前田さんは、自らの意思で失踪したのだと思いますが、森野さんには、その理由がお分かりになりますか？」

森野は腕を組むと首を曲げ、しばらく黙っていた。

「理由が分かっていたら、彼の居場所をさがしますし、会いにもいったでしょう。ヨットで遊んでいるうちに過《あやま》って海に落ちたものと思い込んでいました。彼の奥さんもそうですが、それ以外のことを想像した人はいなかったはずです。……二年後に彼は、ああいうかたちで発見されました。前田は、奥さんをはじめ、私たちまでも裏切った男でした」

「前田さんは、若い女性とホテルを利用しました。火事になったホテルから逃げた女性がだれだったか、森野さんはご存じでしょうか。それとも見当がついていますか？」

「知りません。どこのだれなのか分かりません。……私はいまでも、あのホテルで発見された男が、前田だったことが信じられないんです。ヨットで遊んでいるうちに、いなくなったこと。その二年後に、若い女性と利用したホテルで死体で発見された。だれかに質《たち》の悪い冗談《じょうだん》をいわれているようです。あのような結末を迎えるような男だと分かっていたら、私は一緒に仕事をしていません。奥さんも、彼と夫婦にはならなかったでしょう」

「前田さんは、河北さんのヨットで遊ぶことは何度もあったそうですが、行方不明になることを計画して海に出たのか、それとも過って海に落ちてから、姿を消すことを思い付いたのでしょうか？」

茶屋は、想像でいいのでどっちだと思うかを訊いた。

森野は二、三度首をかしげたが、

「所長だった前田は、当事務所が、それまでにない大きな仕事を請《う》けられることになったその直後に、行方不明になりました。それは市内中心地に銀行と証券会社と画廊、そして国際会議場を持つビルの設計でした。広島財界の有力者が当事務所を推薦《すいせん》してくれて、実現した大仕事だったんです。いくつかの案を出して、そのなかからオーナー格の企業と建設会社に選んでいただきました。選定会議には、前田と私が出席しました。決定したとき前田は、涙ぐんで、声を震わせてお礼の挨拶をしました。事務所へもどって、スタッフ全員で祝杯を挙げました。……前田の事故が起きたのは、それから二週間後でした」

と、当時を振り返った。二年後に分かったことだが、前田の失踪は、その大仕事と重なるような気がする、と森野は慎重な口調でいった。

「大仕事と前田さんの失踪は、無関係ではないということですか？」

「前田が二年間生きていたことが分かったとき、その仕事と無関係ではないのではと感じました」

前田が、ほんとうに死ぬまでの二年間、どこにいたのかが分かったかを茶屋は訊いた。

「奥さんと、警察は、住んでいたところを知っているようです。前田が死んだあとで私は江莉さんに訊きましたが、彼女は、恥ずかしいのでといって、教えませんでした」

「奥さんが恥ずかしいというのは、繁華街の利用目的が明白なホテルで亡くなったからでしょうか」

「それもですが、海で死んだことにして、二年間隠れていたからでしょう」

完成後は市内で有数のビルになるのだから、そこに名を刻まれる設計者は誇らしいはずである。なのに前田正知という男は、名を残すのを拒《こば》むような行為をした。

「考えられるのは、前田さんが仕事で成功したり、出世するのをよろこばない者がいる。それはただの妬みではない、ということでしょうか？」

「私も、そんなふうに考えました。江莉さんに、前田が行く先ざきに立ちふさがる人間がいたんじゃないかと、訊いたことがありました」

「奥さんは？」

「心あたりはないといっていました」

森野は時計を見て、来客の予定があるのでといって、伝票をつかんだ。

茶屋は、前田の妻だった江莉の住所を森野に確かめた。彼女は前住所から三〇〇メートルほどはなれたマンションに住んでいるはずだという。

六章　夜の男

1

　前田江莉は、森野に教えられたマンションに住んでいた。以前、夫正知と二人で暮らしていた家は、正知が宮島の海で行方不明になった一年後に手放したのだった。

　彼女は独身だった。近所では、広島市の中心部に勤めているらしいということしか知られていなかった。ほぼ毎日、午前九時ごろ、軽自動車を運転して出掛け、帰宅は深夜近い時間だと、マンション一階の五十代の主婦がいった。主婦は、江莉が全身まっ黒い猫を飼っていることを知っていた。

　茶屋は、江莉の前住所付近で彼女の情報をつかむことを思い付いた。

　彼女が八年前まで住んでいた木造二階建ての家の窓辺には、洗濯物がいくつも干してあった。子どもが何人かいる家庭らしい。

　付近の二軒で聞いて、江莉と親しかった人が分かった。桑畑夏子《くわはたなつこ》といって、中学生と小学生の男の子の母親だった。

「江莉とわたしの家は西区でした。同じ高校に通って仲よしになりました。江莉は大学にすすんだので、高校出で就職したわたしは、彼女をうらやましく思っていました。彼女が有能な建築家と結婚すると聞いたときも、大きく差がついたと悔しがったものです」

　二人は四十一歳。ずっと前も最近も、江莉は実年齢より三つか四つ若く見えるという。「大手町《おおてまち》二丁目のリバーウエストビルに、エスターテという広島では高級のレストランがあります。江莉は現在、その店のマネージャーをしているはずです」

　夏子は、江莉の身辺にも通じているようだ。彼女は茶屋の職業を知ると、江莉の夫だった前田正知のことを書くつもりなのかといった。

「私は、べつの事件の真相を知ろうとして広島へきました。取材をすすめているうちに、不運な亡くなりかたをした前田さんのことを耳に入れました。前田さんはなんと、九年前に海で亡くなったと思われていた人だったんですね」

　夏子は少し表情をゆるめた。立ち話ではすまされないと思ったようだ。

「せまいところですけど、お上がりください。子どもがいますので、汚れていますけど」

　招かれたダイニングは広かった。キッチンとはカウンターで仕切られていた。ガラス窓の下に、野球のボールとテニスボールが転がっていた。夏子は、氷を落としたグラスにリンゴジュースを注いで出した。彼女が椅子に腰を下ろしたところで、茶屋は、九年前の宮島の出来事に話を触れた。

「その日のことは、よく憶えています。日曜の夕方でしたが、江莉が蒼い顔をして、うちへ飛び込むように入ってきました。わたしはとっさに、なにがあったのって訊きました。江莉は胸に手をあてて、『前田が、ヨットから落ちたの』っていいました。わたしはうっかり、『死んだの』って訊きそうになりました」

　江莉は動転していて、宮島へいってから電話するといって、いつも乗っている車で行こうとした。そのようすを見ていた夏子の夫の桑畑が、江莉が車を運転していくのは危険だとみて、元安川の船乗り場まで送っていった。江莉からは、夜九時すぎに電話があった。前田は行方不明なので、あす早朝から、警察、消防、海難救助隊、宮島の漁師なども協力して、捜索することになったということだった。

　夫の桑畑は、現地へいってやりたいが、会社を休むことができない仕事がある、と夏子にいった。夏子には上の子どもが通っている小学校の行事に参加するというスケジュールが入っていた。

江莉からは、次の日の夜、電話があった。夕方まで捜索はつづけられたが、前田を見つけることはできなかったと、彼女は声を落としていた。

海の捜索は三日間で打ち切られた。雨が降り、波の高い日、夏子は宮島のホテル・観水亭へ江莉を見舞った。江莉はハンカチをくわえて憔悴《しょうすい》していた。前田の絶望を悟ったのだった。

江莉はそれから一週間ほど休んで、それまでと同じように、勤務先のレストランへ出勤した。夏子は、前田は死亡したにちがいないのだから、葬儀をするのだろうと思っていたが、江莉は、前田の両親や建築事務所の人たちとも話し合って、葬儀をしないことにした、と夏子に語った。江莉は、夫はひょっこり帰ってくるという望みをつないでいるからだろうと、夏子はみていた。

しかし、何か月経っても、前田の消息や痕跡に関する情報は江莉に届いていないようだった。

一年が経過した。江莉は家を手放してマンションへ転居した。そのころから彼女は、それまでとは人が変わったように夏子に会いにこないし、電話もよこさなくなった。

そこまで話すと夏子は、少し表情を変え、

「こんなことを、初めてお会いした茶屋さんに、お話ししていいかしら」

と、口調をあらためた。

彼女のいう、「こんなこと」は江莉に関することにちがいないと思った。茶屋は、どんなことでも話してもらいたいといい、

「奥さんのお名前をほかに漏らしたり、書いたりはしませんので」

と、目を細めた。

夏子はどんな話をするつもりだったのか、目尻を変化させた。茶屋にはジュースを出したが、彼女は水を一口飲んだ。

「江莉がマンションへ引っ越して、一か月ばかり経ったころ、男の人の声で、『おたくは中国新報《ちゅうごくしんぽう》を購読されていますね』という電話がきました。妙なことを訊く人だと思ったし、不気味な感じがしましたので、なんのご用ですかとわたしは訊きました。するとその男の人は、『一週間前の中国新報に、登山に出掛けた女性が下山予定を三日すぎても帰ってこないし、連絡をすべき人に電話もしない、という記事が載っていましたが、お目にとまってますか』といいました。その記事を読んだ憶えがあったので、憶えていると答えました。その男の人は、『山へ登った女性をご存じでしたか』と訊きました。新聞にはたしか名前が載っていましたが、知らない人でしたので、わたしはいいえと答えたし、なぜそんなことを訊くのかと訊きました。するとその人は、『失礼しました』といって電話を切りました。言葉遣いは丁寧でしたけど、なぜうちに掛けてよこしたのか分かりませんし、その声に聴き憶えはありませんでした」

男の声の余韻《よいん》が残っているうちに夏子は、部屋の隅に重ねてある新聞のなかから、下山予定をすぎても連絡のない女性の記事が載った新聞をさがし出して、あらためて読んだ。

「ご存じの女性でしたか?」

茶屋が訊いた。

「知らない人でした」

「住所は載っていましたか?」

「西区の……」

夏子は天井に目を向けたが、あらためて読み直した新聞はとってあるといった。読み直しただけなら、その新聞は元のように重ねてしまったのだが、記事に関連した出来事が起こったので、保存する気になったのだといって、例の記事が載った新聞を取り出してきた。

九月二十一日、長野県の山に登るといって出掛けた女性は土屋美沙紀《つちやみさき》、三十二歳。住所は広島市西区南観音《みなみかんおん》。帰宅予定は九月二十四日だったが、二十五日になっても連絡がないため家族が所轄《しょかつ》の警察に相談した。所轄署では長野県警に捜索を依頼した。登山中に遭難した可能性もあることから、長野県の山岳救助隊は県内全署に該当者の照会をした——

記事はこれだけで、その後、続報は載らなかったようだ、と夏子はいった。

新聞記事に関連した出来事が起こったというが、それはどんなことかと、茶屋は身を乗り出すようにして訊いた。

「新聞記事を読んだかと電話をよこした男の人は、二、三日後にまた掛けてよこしました」

夏子は、胸で手を組み合わせた。

男はなにをいったのか、茶屋は早く先を知りたかった。

「男の人は、前と同じように丁寧な言葉で話し掛けましたけど、わたしは、子ども二人を育てている普通の主婦です。わたしとは無関係な電話をしないでといいましたら、直接関係はないけど、知っておいたほうがいいと思うのでというんです」

「二度目の電話でその男は、どんなことをいったんですか？」

「『長野県の山へいったきり消息を絶っている土屋美沙紀さんは、四十代の男と付合っていました。彼女はその男と一緒に山へいったようですが、男は帰ってきました。彼女が帰ってこないのにおかしいでしょ』といったんです。それがほんとうなら、たしかにおかしいけど、なぜわたしに話すのか、あなたはいったい、どこのどなたなんですかといいましたら、『土屋さんと一緒に山へいった男は、あなたの知り合いです』といいました」

夏子は夫に、気味の悪い男からの電話の内容を話した。夫は首をかしげたが、『土屋美沙紀という女性と一緒に山へいった四十代の男は、前田正知さんのことじゃないのか』といった。

『なにいってるの。前田さんは、宮島の海で亡くなったんじゃないの』

『ヨットを操っているうちに行方不明になったんで、死んだものと考えられているが、じつは彼には、生きていると不都合なことがあって、姿を消したのかも。……おまえには、前田さん以外に心あたりの男がいるのか』といわれた。

夏子の耳朶《じだ》には電話の男の声と言葉が貼り付いてはなれなかった。それで江莉に会いにいった。夏子を見た江莉は、一瞬、怯《おび》えるような顔をした。

夏子は、見知らぬ男が不気味な電話をよこしたことを話した。すると江莉は、『気持ちの悪い電話ね』といったきりだった。夏子は、夫が口にした推測を話すことはできなかったのだが、『江莉はわたし以上に、電話の男が気になったし、恐がっているようだった』と、夫に話したという。

夏子は前田正知の写真を持っていそうなので、それを借りたいと茶屋はいった。彼女はさがすといって、ダイニングを出ていった。が、五、六分経ってもどってくると、さがしたが前田の写真はなかったとよそよそしいいいかたをした。写真はあっただろう。だが彼女は茶屋の要望を聞くべきではないと判断したようだ。

2

大手町の元安川左岸には、かたちのいいビルが建ち並んでいる。平和大橋に近い白いタイル張りがリバーウエストビルで、その一階がレストランのエスターテだった。川沿いの道路から一段高くなっている窓ぎわの席で食事している客が、外から見えた。桑畑夏子からそこは高級な店といわれたせいか、食事中の客がみな、着飾っているように映った。

茶屋は、ジャケットの皺を直すとレストランのガラスのドアを開けた。白の半袖シャツに黒い蝶ネクタイの女性が迎えた。彼は窓ぎわから二列目の席へ案内された。食事どきでないからか、あちこちに空席があった。

彼はオーダーした軽食をすませた。器を下げにきた若いウェイトレスに、前田江莉がいたら呼んでもらいたいと告げた。

「マネージャーですね。少しお待ちください」

五分と経たないうちに、白いジャケットの女性があらわれた。

「わたしに、ご用でいらっしゃいますか」

腰を引き締めているようなジャケットの女性は前田江莉だった。身長は一六五センチぐらいではないか。やや面長で顎がとがっていて唇は薄いほうだ。

茶屋は立ち上がって名刺を出した。彼女は、「ありがとうございます」といって、受け取った。

茶屋は、ここでは話せないことなので、時間をとって欲しいのだが、何時なら都合がつくかと訊いた。

彼女はあらためて茶屋の名刺を見直した。

「東京から、わざわざおいでになられたのですか?」

彼女の眉間がわずかに変化した。茶屋は、そうだと答えた。

「八時半なら、ここを出られますが」

客の夕食がそろそろ終わるころだろう。

レーガンヒロシマで待っているが、よいかと茶屋がいうと、彼女はなにかを考えるように瞳と唇を動かしたが、

「八時四十五分には着けます」

と、事務的ないいかたをした。

彼女は茶屋の職業を知っていたのか、ここで話せないこととはなにかを訊かなかった。元夫の前田正知に関することを訊きにきたのだろうと、予測がついたようでもあった。

男女の四人連れが入ってきた。常連客なのか江莉は客のほうを向いて、「いらっしゃいませ」というと、茶屋のほうを見ずに背筋を伸ばして去っていった。

レストランを出た茶屋は、川沿いを二〇〇メートルばかり歩いた。ビルの灯を映している川面をのぞいたが、水はどちらへ流れているのか分からなかった。たったいま会ってきた前田江莉を川面に映すように思い浮かべた。彼女は四十一歳のはずだが、それが信じられないほど若かった。現在、彼女が住んでいるマンションの入居者の一人によると、江莉はまっ黒い猫を飼っているということだった。

彼は本通りに出て、紙屋町を越えてレーガンヒロシマへ向かった。

茶屋は、ロビーのソファで新聞を読んでいた。十人ほどの外国人が、ソファに腰を下ろすと、甲高い声で話しはじめた。時計が八時四十五分を指したのを見て立ち上がった。自動ドアが開いた。前田江莉が入ってきた。薄いオレンジ色のジャケットに白いスカートの彼女は、まるで隠れるように太い角柱の陰に寄った。茶屋は彼女の正面にまわって頭を下げた。

最上階のバーラウンジでどうかと訊くと、彼女は白いバッグを前にあてて、黙ってうなずいた。エレベーターのなかで二人は一言も話さなかった。

バーラウンジに着くと窓辺に寄った。

「あら、お城が、すぐそこ」

彼女はここへは初めてのようだ。

「少し、飲みながら」

茶屋がいうと、彼女は目を細め頰をゆるめた。

「二、三年前でしたけど、週刊誌に載っている茶屋さんの、川を探訪する記事を読んだのを、憶えています。たしか、北国の冬の川沿いの風景が詳しく描かれていたという記憶があります」

茶屋には彼女がいった、『北国の冬の川』がどこなのか分かった。その紀行記には流域の風光だけでなく、付近で起きた事件の謎を詳しく書いていた。彼女にはそこに書いてあった深い闇をはらんだ事件は印象に残らなかったのだろうか。

細長いグラスのハイボールを一口飲んだ茶屋は、彼女を呼び立てた目的をはっきりと口にした。立ち入ったことも訊くと断わった。

江莉は、「見当がついていた」というふうに首を動かした。

「前田正知さんは九年前の七月、宮島の海でヨットを操っているうちに行方が分からなくなった。海に落ちて亡くなられたものと思われていたが、じつは生きておられ、身を隠していた。それまでの人生を棒に振ってまでして身を隠さなくてはならなかった。その事情を、奥さんのあなたは、ご存じでしたか？」

「知りませんでした」

彼女は、首を強く振った。知っていたら、交際はしなかったし結婚はしなかったといっているようだ。

「前田さんが行方不明になって一年ほど経って、あなたは、それまでのお住まいを手放して、転居なさった。……そのころ、前田さんの消息についての情報を、耳に入れたのではありませんか？」

「前田の消息についての情報なんて。……夫は過って海に落ちて、亡くなったものと思い込んでいました。そんな情報を、どこからわたしが……」

「前田さんは、海で亡くなったものとみられていたのに、二年後に市内の繁華街で災難に遭われて、そのさいはご遺体が発見され、世間をびっくりさせたでしょう。つまり死んだと思われていた人が二年間生きていた。隠れて生きているのを知っていた人がいて、それを奥さんのあなたに知らせた。知らせることは、奇異なことではありません」

「たしかに前田はどこかに隠れていました。しかしわたしは、彼がどこにいたのかも、なぜ隠れていたのかも知りません。茶屋さんはどうして、彼が隠れていたのをわたしが知っていたのではなんて、おっしゃるんですか」

「前田さんが隠れている場所や、その理由を知った人は、奥さんのあなたに、それを知らせたくなったんです」

「そんな人……」

彼女はかすれ声でいいかけたが、思い付いたことでもあってか、口をつぐんだ。

「土屋美沙紀さんという女性を、ご存じでしたか?」

「いいえ」

「八年前の九月でしたが、長野県の山へ、男性と一緒にいった。男性は下山したが、土屋さんは帰ってこなかった。彼女の家族から捜索願いが出て、捜索したが、すぐには見つからなかった。……土屋さんの住所は、西区南観音でした。その後、彼女が見つかったかどうか、私は知りませんが、彼女と一緒に山に登った男性は、前田正知さんだったのではないかと、私は想像しているんですが、あなたはどう思われますか?」

「分かりません。そんな突拍子《とっぴょうし》もないことを、わたしは考えたこともありません」

「あなたは考えたことがなくても、信州の山へ土屋さんを連れていった男性は、前田正知さんだったのではと、想像した人はいたでしょうね」

江莉は瞳を回転させるように動かして、首をかしげた。彼女は五、六分、琥珀《こはく》色の酒を見つめるような格好をしていたが、急に背筋を伸ばした。

「前田はたしかに、二年間、どこかに隠れていて、恥ずかしい死にかたをしました。そのことではわたしは、肩身のせまい思いをしました。二年間、どこでどうやって生きていたのか、それにはどういう事情があったのか、彼の妻として、晒《さら》し者にされたわたしは、もうそのことを思い出したくもありません。七年前にすんだことを蒸し返さないでと、茶屋さんにお願いしたいんです」

江莉は、レースで縁取りされた白いハンカチを口にあてると、怒ったように椅子を立った。

3

八年前の九月、長野県内の山へ登ったきり行方が分からなくなった土屋美沙紀の、その後の消息はどうなったかを、茶屋はサヨコに調べさせた。

彼女からは昼前に、調査結果の報告があった。

八年前の九月二十五日午後、長野県駒ケ根《こまがね》市のホテル千畳敷《せんじょうじき》へ、一人の女性が登山者によって運び込まれた。その女性は何日か前に男性と一緒に宝剣岳《ほうけんだけ》から木曾駒ケ岳《こまがたけ》へ向かっていた。雨が降り出し、薄い霧が張って、周囲が見えにくくなったところで、男性とはぐれてしまった。雨を避けられる場所をさがして歩いているうち足をひねってしまい、その痛さで歩けなくなり、同じ場所にじっとしていた。二泊したが、その近くを通る人はいなかった。そこは登山路からはなれているのを知った。また雨に濡れたし、霧で視界を失った。

入山して五日目、登山パーティーに発見され、ホテル千畳敷へ運ばれた。ホテルに着くまでの間、女性は入山してからのことを、とぎれとぎれにパーティーに話したが、ホテルが見えはじめたあたりで、意識を失った。警察の救助隊が医師を伴って到着したが、彼女は目を開けなかった。

リュックのなかの所持品から、氏名や住所が判明した。彼女は、広島県廿日市市の兄に引き取られた。ホテル千畳敷で診た医師の所見では、彼女の死因は疲労凍死だった。彼女は男性の同行者がいたと語っていたが、登山届は出していなかったし、登山中、同行の女性とはぐれた、と届け出た男性はいなかった――

サヨコの報告を受けた茶屋は、廿日市市、宮島口駅近くの土屋家を訪ねた。山で死亡した美沙紀の兄・重幸《しげゆき》は水道工事業を営《いとな》んでいた。

着古した作業衣姿の土屋は、せまい応接室へ茶屋を通した。八年前、標高二六一二メートルのホテルで、変わりはてた妹を見て涙を流したという。

「美沙紀さんはそれまで、登山をしたことがありましたか？」

茶屋は、土屋の陽焼けした太い手の指を見て訊いた。

「旅行やハイキングは好きでしたが、山登りをしたのを聞いたことはありませんでした。登山経験はなかったことはありましたが、私も高原へいったことはありませんで、山の名もろくに知りませんでしたので、警察の方から電話で宝剣岳といわれ、いったいどこの山なのか分かりませんでした」

彼は、ロープウェイでホテル千畳敷に着くと、目の前の切り立った岩峰を見上げて息を呑んだ。千畳敷の名のあるカール（圏谷《けんこく》・椀状の谷）の上部は紅葉がはじまっていた。突き上げるような垂直の岩壁も紅かった。美沙紀はなにかでこの風景の写真を見たか読んだかして、宝剣岳に登る気になったのだろうと思った。だが警察から、美沙紀には男の同行者がいて、その人の行方も分かっていないと聞かされた。

土屋は、山中で美沙紀を見つけて、ホテルへ運んだ登山パーティーのリーダーの氏名と住所を警察から教えられた。東京の出版社勤務の里見《さとみ》という人だった。妹の遺体を引き取って帰ると、里見に礼状を送った。里見からは丁重な返信が届いた。

妹の葬儀をすませ、彼女が暮らしていた広島のマンションの部屋を整理したあと、手みやげを提げて、里見を勤務先の会社に訪ねた。木曾駒ケ岳からの下山中に倒れていた女性を見つけた里見たちは、ホテルに着くまで、美沙紀をはげましつづけた。彼女はとぎれとぎれに、同行の男性とはぐれたときのもようを語った。同行の男性には登山経験もあるし海のスポーツにも通じているといった。そして里見たちの印象に濃く残ったのは、『わたしは、山へ棄てられた』と、喉を絞るようにしていった言葉だった。ホテル千畳敷で美沙紀を、警官と医師にあずけて下る途中の里見たちは、初心者の彼女を秋の山に案内するように登った男は、登山路からはなれたところへ彼女を誘導しておいて、下山したのではないかと話し合ったものだといった。

「長野県の警察の人や、里見さんから話を聞いたわたしは、一緒に山に登った男をさがさなくてはという気になりました。位牌《いはい》を見るたびに妹の無念が、そこに宿っているように思われてなりませんでした」

遺体の美沙紀はリュックを持っていたが、携帯電話を身に付けていなかった。それを持っていれば、助けを求めるためにどこかへ掛けただろう。場所と地形によっては電波が届かないが、山中でも交信が可能な場所はあった。彼女は山中でケータイを紛失したとは思われなかった。同行の男が彼女のケータイを持ち去ったのではないかと、土屋は疑った。里見たちが彼女から聞いたという、『わたしは、山へ棄てられた』は、妄想《もうそう》ではなかったろうと思われた。土屋は、妹を山へ棄てた男をさがしあてたかったが、その術《すべ》を思い付かなかったし、仕事に追われてもいた。

美沙紀が死んで一か月ぐらいのちのある夜、土屋は見知らぬ男からの電話を受けた。その男はいきなり、『美沙紀さんは殺されたのに、その犯人をさがさないのか』といった。土屋は驚いたが、『あんたはだれだ』と訊いた。

『私は、名前や住所を教えられないが、美沙紀さんがどこに住んでいて、どこに勤め、何日がお休みかといった日常を知っていた者です。何度かお会いして、言葉を交わしたことがありました。あるところで美沙紀さんを見かけて以来、好意を持つようになったからでした。一度だけですが、お付合いができないものかといったことがありました。しかし美沙紀さんには、丁寧な言葉で断わられました。彼女には、お付合いしている人がいるのだと受け取りましたので、以来、お話をすることは避けました。ですが、ときどき、無性に、美沙紀さんの姿を見たくなることがあるので、彼女が外出するころを見はからって、物陰から姿を見ていました。

そのうちに、彼女の部屋を訪れている男性の姿を見るようになりました。美沙紀さんよりずっと年齢の上の男でした。外で仕事をすることが多いのか、それとも屋外スポーツをやっているからなのか、顔も腕も陽に焼けていました。それに長身で胸板も厚く、私とは比べものにならないくらい体格が立派で、悔しい思いをしていました。

美沙紀さんが長野県の山へ登って、行方不明になったのを、新聞記事で知りました。何日経っても帰ってこないのは、登山中に遭難したからだと分かりました。新聞に、行方不明という記事が載ってから何日か後、山中で発見されたが、収容される途中で亡くなったという記事が出ました。それを読んだとき私にはすぐに、陽に焼けたすぐれた体格の男の姿が浮かびました。美沙紀さんはあの男と一緒に山に登ったにちがいない。男は彼女を殺すつもりで山へ連れていき、道に迷ったふりでもして置いてきぼりにしたのだ。男は素知らぬふりをして山を下ったのだろう。男は生きている。登山中に二人とも行方不明になったのなら、男の家族か関係者からも捜索願いが出るはずではありませんか』

土屋は、妹が実際に男と一緒に山に登ったのなら、その同行者をさがしあてたい、といったし、その男の身元を知りたいので、それを知っているか、と電話の男に訊いた。すると男は、『たぶん、美沙紀さんの近くに住んでいると思う』と答えた。

「電話の男の住所も、美沙紀さんの住所の近くではないでしょうか」

茶屋がいった。

「そうでしょうね。妹の日常に通じていたようでしたから」

土屋は、男からの夜の電話を頭のなかで再現させているのか、宙の一点に目を据えた。

「その男、俗にいうところのストーカーでは」

「私もそう思いました。一度は妹にいい寄った。妹はそれをやんわりと断わった。だが男は諦めきれず、妹のようすをちょくちょくうかがっていたような気がします」

「美沙紀さんと一緒に山に登った男について、警察にお話しをなさいましたか？」

「ここの所轄の廿日市署に相談しました。妹がお世話になったのは、長野県の駒ケ根署でしたので、こちらの警察はそこへ問い合わせしてくれたということでした。しかし同行者がいたかどうかもはっきりしていない、という答えが返ってきたといわれました」

「美沙紀さんは、入山前日に、千畳敷のホテルに泊まっているのでは？」

「そこへは警察が照会しました。泊まっていませんでした」

広島を出発したのだから、当日は次の日の入山に便利な場所に一泊したような気がする。同行の男に暗いたくらみがあったとしたら、後日のことを考え、登山地の近くには宿を取らなかったかもしれない。

「例の電話の男からは、その後？」

「ありません」

「美沙紀さんがお付合いなさっていた男性が分かりましたか？」

分からなかった、と土屋は首を振った。

茶屋は、生前の美沙紀の勤め先を訊いた。それは西区東観音町《ひがしかんおんまち》の歯科医院だった。

彼女は独身で三十二歳で亡くなった。結婚の予定か、あるいは結婚を約束した人がいたのではないか。

「母は、妹が帰ってくるたびに、いい加減に身を固めないと、と口うるさくいっていました。母の小言を聞きたくなかったのか妹は、『決まった人はいるのよ』といったことがありました。たしか二十六、七歳のころだったと思います」

「それはどこのだれとか、職業をお訊きになりましたか?」

「建築家だといったことがありました。私が、その人とは結婚できるのかと訊きましたら、妹は、『すぐじゃないけど』と答えました。すぐじゃないのはどうしてかまでは、訊いていませんでした」

「建築家……」

茶屋は、土屋の顔を見てつぶやいた。

美沙紀の遺品から、前田正知という名が書かれたものは見つからなかったかと、茶屋は訊いた。

「さあ。それは、どういう人ですか?」

土屋は、身を乗り出すような訊きかたをした。

前田正知は、広島市内に数人の仲間と設立した建築設計事務所の代表だったが、九年前の七月、宮島の海で友人から借りたヨットで帆走中に行方不明になった。過って海に転落したものと思われ、捜索されたが未発見。四十二歳だった。

「四十二歳。家庭は?」

土屋は、突き刺すような目を向けた。

「当時三十二歳の奥さんがいました。三、四年前には結婚して、安佐南区の長束に住んでいました」

「その人の体格を、茶屋さんはご存じですか?」

「建築事務所を一緒にやっていた人や、宮島のホテルの社長や、奥さんの友だちからも聞いていますが、身長は一七五センチぐらいで、胸板の厚い、いわゆる押し出しのいいからだつきの男性だったということです」

「まさかその人と美沙紀が。……いや、おかしいですね。前田という人は、九年前の七月に、宮島の海でヨットから転落して、亡くなったんでしょ?」

「行方不明になり、それきり消息不明になったんです」

「消息不明ということは……」

土屋は、やや高いところへ視線をあてた。

「前田正知という男は、生きていたんです」

「生きていたことが、どうして分かったんですか?」

土屋は、むずかしい問題を突きつけられたように、額に深い皺を彫った。

「海で行方不明になった二年後、広島の繁華街のホテルの火災現場から、遺体で発見されたんです」

「ホテルの火災……。前田という男は、行方不明のままだったのですから、二年間、どこかに隠れていたんですね」

「その男には、なにかやらなくてはならないことがあったんだと思います。それで死んだことにするために、海から姿を消したんでしょう」

「やらなくてはならないことがあった。死んだことにしたんですから、それは大変なことだった……」

土屋は、そこで言葉を切ると、椅子の背に静かに寄りかかった。妹が山で死んだほぼ一か月後の夜、名乗らない男が電話をよこした。その男がいったことと、たったいま茶屋から聞いたことを重ね合わせ、そこへ美沙紀が息を引き取る直前に口にした言葉を、差し込んでいるようだった。

「前田正知には、奥さんがいたということでしたね?」

「いました」

「奥さんは、妹を知っていたでしょうか?」

土屋はまた姿勢を変えた。両手をにぎって上体を乗り出してくると、前田の妻だった人のことを詳しく知りたいといった。

茶屋の頭には、薄いオレンジ色のジャケットに白いスカートの前田江莉の姿が蘇《よみがえ》った。

美沙紀の遺品のなかには他人の写真もあっただろう。彼女は前田正知の写真を持っていたと思う、と茶屋はいった。土屋はうなずくと奥の部屋から菓子箱を持ってきた。そのなかにはミニアルバムが何冊も入っていた。写真には名前が付いていなかったが、同じ男の写真が六葉見つかった。そのうちの髪を短く刈っているのと、黒ぐろとした髪が額を隠しているのを借りていくことにした。

4

寺の住職で保護司の梁部説休が電話をよこした。明日、娘のかるたが帰省する。かるたは細谷水砂と連絡を取り合っていて、夕食を一緒に摂ることにしているという。

「茶屋さんもご一緒にいかがですか。私は彼女たちの食事に同席しますので」

「いいですね。ぜひ私を加えてください」

茶屋は梁部と話しているうちに、かるたたちと食事をする場所を思い付いた。

「リバーウエストビルのエスターテというレストランは、いかがでしょう。かるたさんは有名な方ですので、お顔は広く知られている。そのレストランなら個室もあります」

茶屋が提案すると、梁部はエスターテなら知っているといった。食事をしたことがあるのだろう。

「茶屋さんは東京の方なのに、よく広島の店をご存じなんですね」

「エスターテは、今回の取材中に知りました」

茶屋は、流川町のホテル火災で死亡した前田正知の妻だった人が、マネージャーとして勤めているのだと話した。

「ほう。一流レストランのマネージャーを」

茶屋が予約を入れておくというと、

「かるたには、世話をする女性が付いていますので、五人ということで、お願いします」

そうか。有名女優には付き人がいるのだ。

梁部かるたと食事することを、サヨコとハルマキに伝えたら、二人とも飛行機か新幹線で駆けつけるというかもしれない。二人とはかぎらない。サヨコは牧村編集長に電話をしそうだ。彼女の話を聞いた牧村は、仕事も、役職も、その前に衆殿社《しゅうでんしゃ》の社員であるのも忘れて、彼女らとともに広島へやってきそうだ。

なので黙っていることにするが、梁部かるたをまじえての食事があとでバレたら、サヨコは、「茶屋次郎を殺してやる」と、牙《きば》を剝《む》きそうだ。

ポケットが震動した。画面に映ったのはなんと牧村の二文字だった。

「たったいま、あんたのことを思い出していたところだった」

茶屋はいきなりそういった。

「へえ、たまには私を思い出すことが。あ、ゆうべ遊びすぎて軍資金が足りなくなった。それで、いくらか振り込んでもらおうとでも」

「見当ちがいだ。あしたの夕方、宮島にいる細谷水砂と一緒に、梁部かるたに広島市内のレストランで会うんだ」

「梁部かるたは、広島出身だし、広島平和大使ですから、帰省をかねて、ちょくちょくいっているようですね。かるたとメシを食うことと、私を思い出したこととは、なにか関係がありますか?」

「私がかるたと食事するのを知ったら、さぞやあんたは、悔しがるだろうと想像しただけだ」

「ぜんぜん。私は、かるたのファンじゃありません。きれいだし、可愛いし、やさしそうですが、惹《ひ》きつけられるような魅力がない」

「偏《かたよ》ったクセがないところが、彼女の魅力なんじゃないの。人気が長持ちしているのは、全体を素朴な雰囲気が包んでいるからだと思うが。あんたは、どんな女性が好きなんだ?」

「いま好きなのは、灘《なだ》ひびく。二十一歳ですが、四十歳の娼婦を演《や》れます」

今年の春、話題になった映画を指しているのだ。彼が編集長の「女性サンデー」は、来月から三週つづけて、灘ひびくのグラビアを巻頭に付けるという。

「で、用事は?」

茶屋は、灘ひびくの下唇をゆがめて喋る表情を思い浮かべながら訊いた。

「二週後に連載を開始する『広島・水の都の殺人』を予告するコーナーに、繁華街の写真を載せたいんです。ですので今夜中に、現地の写真を何点か送ってください。できれば、ラブホテルが入っているのを」

牧村は広島へいくといわなかったので、茶屋はほっとした。

茶屋は、八丁堀から中央通りを南へ下った。道路をまたぐように架けられた［中新地通り］のネオン看板を撮った。繁華街はきょうの営業開始準備をする人たちが行き来している。［中区流川町1］の緑色の住居表示標を撮り、スナック・マリンバが入っている田川ビルの前から、十字路を越えた先のホテル・セシールを入れた。セシールからカップルが出てきた。女性は速足をして、まるで男性から逃げるように去っていった。新天地と堀川町の標識もカメラに収めた。料理屋・こぶ伝の看板に灯りが入った。

梁部説休は、キャバクラのチェリーチカにボーイとして勤めているあいだに、ビルの非常階段から転落して、重傷を負った首藤進の一件を知っていた。首藤は階段の最上部でタバコを吸っていたところを、何者かに突き落とされたとされていた。彼は記憶を失い、言語の自由を失う障害者となった。広島市内の病院で治療を受けていたが、すぐには改善が見込めないことから、江田島市の実家へ帰って静養しているということだった。

首藤のその後の症状はどんなだろうと思い付いたので、茶屋は梁部に電話を掛けた。梁部は首藤の実家の電話番号を知っているので、問い合わせるといった。

十分ほどで梁部は返事をよこした。

「首藤進の症状は改善に向かっていて、今年の春から言葉がもどりはじめ、片言程度の会話をしているということです。以前、彼を診ていた広島の病院の先生の紹介で、いまは呉市の病院へ入院しているそうです。茶屋さんは、首藤についても？」

「関心を持っています。警察は、ビルで首藤を突き落とした犯人も水砂さんじゃないかとみていたようです」

「そうでしたね。水砂は、首藤が転落したとき、まだ出勤していなかったといったのに、屋上で水砂が首藤と話しているのを、目撃した人がいるということでした。彼女には首藤を突き落とす動機はないのに」

茶屋は、午後六時にレストラン・エスターテに着くようにするのでといって、電話を切った。

広島から呉へは、呉線で四十分ほどだった。呉市は世界屈指《くっし》の軍港として繁栄した港湾都市である。現在の人口は約二十四万人だが、第二次大戦中は四十万を超えていて、戦艦大和《やまと》もここで建造されていた。旧海軍ゆかりの地らしく、［大和ミュージアム］と［てつのくじら館］が二大観光スポットだ。

梁部から聞いた病院は、呉駅からタクシーで十分足らずの小高い丘の上だった。

首藤進との面会は可能と聞いていたので、受付で見舞い人だと告げた。受付係は病棟へ電話した。

「首藤さんは、ただいま散歩に出ておられますので、中庭へご案内します」

中庭は、丈の低い木と色とりどりの草花を鑑賞させるように赤レンガを敷いた小径が花のあいだを蛇行《だこう》していた。患者の首藤はパジャマ姿だろうと想像していたのだが、白のポロシャツにグレーのズボンを穿いていた。二十代と思われる女性看護師が、二、三メートル後ろをついてゆっくりと歩いていた。首藤は色白で、背が高く痩せていた。二十八歳だ。

茶屋は首藤の目を見ながら頭を下げた。が、首藤は表情を変えず、すぐに赤い花のほうへ視線を移した。茶屋は看護師に、首藤の最近のようすを知りたくてやってきたとだけ話した。

「体調がとてもいいときがあって、お話ができるんです。どうぞ話し掛けてあげてください」

そういわれたが、彼が興味を持ちそうな話題が思い浮かばなかった。茶屋は助け船を求めるように看護師の顔を見ると、「花の名前を訊いてあげてください。名前を知っている花があるんです。首藤さんの好きなのは、紫の花です」

茶屋はうなずいて彼の横に寄った。

「これ、きれいですね。面白いかたちだし」

「アヤメ」

首藤は、アの発音を繰り返すような答えかたをした。

「首藤さんは、紫色の花が好きなんだ。あ、これも紫だね」

茶屋は、薄紫色の蕾《つぼみ》をいくつもつけた花を指差した。

「キキョウです」

「そう、キキョウですね。私はこの花を、何年かぶりに見ました」

看護師は、アヤメの前へしゃがんだ。

「首藤さんは、アヤメの花言葉を、憶えていましたよね」

彼はわずかに首をかしげた。思い出そうとしているようだ。

「アヤメは、『よい便り』ですよ。憶えましょうね。キキョウの花言葉は、『永遠の愛』です。この前は思い出したのに」

首藤は微笑した。花言葉の意味を理解しているかは分からないが、快《こころよ》い言葉を感じているのは確かなようだ。

茶屋は、首藤と会話ができるのを期待してきたのだが、それは不可能だと知ったので、用件を切り出さずに帰ることにした。看護師は茶屋がなにか目的を持って訪れたのを感じ取ったらしく、首藤の症状はかなりよいほうへ向かっている。担当医師から、希望が持てることを聞いているといった。

5

元安川沿いのレストラン・エスターテに着くのが五、六分遅れた。ウェイトレスに個室へ案内された。椅子にすわっていた四人が一斉に立ち上がった。梁部説休、娘のかるた、彼女の付き人、細谷水砂である。

茶屋は、かるたと付き人に名刺を渡した。

かるたが、三十をいくつか出ていそうな付き人を、

「わたしがいつも面倒をかけている芝山《しばやま》さんです」

と紹介した。

かるたは水色のワンピースの上に藍色のボレロを重ねていた。襟元を飾っているのはピンクの光った石だった。面長は父親似だと分かった。映画でも、テレビドラマでも、雑誌の表紙でも数えきれないほど見てきた顔である。

「茶屋先生のご本や、雑誌にお書きになっていらっしゃる各地の名勝のお話、わたし高校生のときから読んでいました。芝山さんも前から読んでいて、どのお話がこうだったとか、事件を取材する先生が事件に巻き込まれるのが面白いとかって、話し合ったものです」

かるたは、目を細めて話した。彼女の声は少し低くて、やわらかい響きがある。

「ここへ入ってきたとき、声を掛けられなかったですか？」

茶屋がいうと、何人かのお客はかるたに気付いたようだった、と芝山がいった。

茶屋は、かるたのワインの飲みかたをそれとなく観察した。父親の説休より強そうだ。

「かるたさんは、いつもワインですか？」

グラスに白い指をからめて、グラスを回転させるように動かす彼女に茶屋は訊いた。

「家では、日本酒です。わたし、珍味が好きなんです」

「珍味もいろいろですが」

「ホヤの塩辛と、カキの塩辛をよく食べます」

「私は、ホヤだけはダメだ」

説休が口元をゆがめた。

説休とかるたにはさまれている水砂は、ジュンサイのシロップ煮とアワビのワイン蒸しを黙って食べていたが、何年も前にこの店で二度食事をしている、と説休に話し掛けた。

「何年も前？」

説休が横顔に訊いた。

「マリンバに入ったばかりのころ、お客さんに連れてきていただきました。そのお客さんに、アワビがおいしかったと話したら、気に入ったんならもう一度といって、一か月のうちに二回、ここでご馳走《ちそう》になりました」

二本目のワインをオーダーして五、六分後、マネージャーの前田江莉が挨拶にやってきた。

今夜も彼女は、白い上着に黒いタイトスカートで、艶のある黒い靴を履《は》いていた。

「みなさま、きょうはありがとうございます。マネージャーを務めております前田でございます」

満面の笑顔をつくって頭を下げた。ここへはしょっちゅう著名な人もくるだろうから、彼女の挨拶のしかたには慣れが滲《にじ》んでいた。

「お食事中、まことに失礼なお願いでございますが、スタッフが、梁部かるたさまに、色紙を頂戴したいと申しております」

彼女は微笑《ほほえ》みながら手を揉《も》んだ。

かるたはグラスを置くと、「どうぞ」というようように笑顔を返した。かるたがこういう「お願い」を請けることはたびたびだろう。

「わたし、字が下手《へた》ですので。酔わないうちに」

「ありがとうございます。では、すぐに」

江莉は去っていったが、すぐに色紙とサインペンを持ってきた。

かるたは色紙を膝にのせると、大きい字で丸をいくつも描くようにペンを動かした。これまで何百枚もの色紙に同じ文字を書いたにちがいない。

茶屋もたまに著書にサインと、色紙に揮毫《きごう》を求められることがある。その折によく書くのは「近道は近道なりに草深し」である。

マネージャーの前田江莉は、かるたがサインした色紙を拝《おが》むように手を合わせてから受け取ると、また丁寧に腰を折って部屋を出ていった。その姿を見送っていた水砂の顔つきが変わった。彼女は自分の心臓の鼓動を測ってでもいるように両手で胸を押さえ、一点に目を据えた。顔面は蒼味を帯《お》びた。

「気分でも悪くなったの？」

説休が横から彼女の顔をのぞくようにした。

かるたも水砂を気遣うような言葉を掛けた。

「いま、思い出したんです」

水砂は一点を見つめたまま、だれにともなくいった。声音は別人のようだった。

「思い出したとは、なにを？」

茶屋が訊くと、水砂は、

「あとで、お話しします」

と、少しも顔を動かさず答えた。それきり彼女は料理に手を付けず、ワインを舐《な》めるように飲んでいた。思い出したことが頭のなかを駆けめぐっているといっているようだ。

水砂の表情が変わったときから、説休とかるたの口数が減った。二本目のワインが空になったところで五人は店を出ることにした。

茶屋は、滞在しているレーガンヒロシマで水砂の話を聞くことを提案した。一行は対岸の平和記念公園の灯を見ながら、川沿いの道を黙って歩いた。

レーガンヒロシマでは、最上階のバーラウンジへ上がった。五人はソファの席を選んだ。レストランでは説休とかるたが水砂をはさんでいたが、ここでは水砂の前に説休とかるたがすわった。

「いままで、どうして、あの人を思い出さなかったのか……」

水砂はつぶやいた。

茶屋は横から水砂の顔をじっと見て、

「あの人とは？」

と、少し首をかしげて尋ねた。

「さっきのレストランのマネージャーです」

前田江莉のことだ。

「例の晩のことです」

「例の晩」

「母が死んだ夜です」

七年前の七月。流川町のホテル・セシールが燃えた夜だ。水砂は、母親容子が、セシールに入るのを見て、頭に血がのぼった。母に対して憎しみが湧いた。激情に背中を押されるようにして、近くの薬局へ走った、とされている夜のことだ。

「わたしは、会社へもどることになった福村さんを、ビルの一階で見送ると、タバコに火をつけました。そのとき、ビルの前をあの人が通りました。エスターテへは二回いって、二回ともきれいなあの女性を見ました。わたしを連れていってくださった方に、マネージャーだと教えられましたので、憧れるような気持ちになったんです。タバコを一本吸うと、すぐ近くのタバコ屋でタバコを一つ買いました。あの晩、あの女性は近所に用事でもあったんでしょうか、今度はタバコ屋の前を歩いていきました。あの晩、二回見掛けたのに、さっきあの人を見るまで、忘れていました。……エスターテのマネージャーのお名前は、前田さんでしたね」

水砂は、茶屋に目を向けた。

「前田江莉さんです」

「母が死んだホテルで、母と同じように煙を吸って亡くなった男の人の名字も、前田さんでしたね」

「前田正知さんです。前田江莉さんはその人の奥さんでした」

「ホテルの火事で亡くなった前田さんは、二年前から行方不明になっていたということでした。行方不明の人が火事で亡くなった。それで、名字を憶えていたんです」

「例の晩を、あらためて思い出してください」

茶屋がいうと、水砂は強く顎を引いた。「ビルの一階やタバコ屋の前で見掛けた前田江莉さんの、その日の服装を憶えていますか?」

「服装は……。レストランのマネージャーの服装でなかったのはたしかです」

「アクセサリーは?」

「憶えていません。ビルの前で見たとき、瞬間的に、『レストランの人だ』と思って……」

水砂は額に手をあてた。「あの晩、あの人は、いったんセシールのほうへ歩いていったのに……。わたしがタバコ屋の前でも見掛けたのですから、もどってきたことになります」

その夜の水砂はネオン街で、江莉の後ろ姿が消えるまで見ていたのだろう。

水砂のこの記憶は重要である。説休はバッグから小型ノートを取り出すと、十分以上無言でペンを走らせていた。ペンの動きがとまったのを見て茶屋は説休に、

「七年前の例の夜、前田江莉さんがどこにいたかを知りたいのですが、なにか方法がないでしょうか?」

といった。説休はノートとペンを持ったまま腕組みした。

「エスターテは、たしか神戸にもレストランがあると聞いたことがあります。神戸が本部なのかもしれません。心あたりがありますので、手をまわしてみます」

壁を向いてすわっているかるたは赤ワインを飲んでいたが、呪文を唱《とな》えるように小さな声でなにかを

いいつづけはじめた。彼女の横の芝山は疲れはてたように目を瞑《つむ》っていたが首を折ると、「はっ」といって目を開け、周りを見まわした。どこにいるのかを忘れていたらしい。

説休は口をわずかに動かしているかるたを見て、くすっと笑った。

「経を唱えているんです。まだろくに言葉を知らないころから、私は毎朝のおつとめに、かるたを横にすわらせていました。五歳のときには私が唱える朝の経をすっかり覚えて、私と一緒に朝のおつとめをしたものです。最近は、酒に酔うと経を誦《よ》むんです」

芝山は目をこすって水を飲んだ。

説休は、三人を連れて帰るといったところへ、茶屋に電話が入った。登録していない番号だ。

「茶屋先生、夜分にすみません」

そういったのは、雑誌「旅の空」の間所編集長だった。

「高峰は、どうしてもやり遂《と》げたい仕事だといって、また広島へ向かいました。最終の新幹線に乗ると、広島へ着くのが零《れい》時近くです。彼女はクビになってもいいので、といって出掛けました。先生の足手纏《まと》いにはならないと思いますが、追い返さないようどうかよろしくお願いします」

時計を見ると九時半だった。遥が乗った終着が広島の列車は、名古屋あたりを疾走《しっそう》していそうだ。

茶屋は、説休が、かるた、水砂、芝山の三人をさらっていった席にすわり直すと、ウイスキーの水割りをオーダーした。客の何人かが窓辺に寄って、ライトアップされている原爆ドームを眺めていた。

七章　黒い水脈

1

　藤色で七分袖のブラウスの高峰遥は、茶屋よりも早く朝食をすませていた。昨夜、彼女は深夜に着いた。だが茶屋に電話をよこさなかった。眠っているのを起こしてはという気遣いなのだろう。

「先生、おはようございます。ふたたび先生を取材させていただきにまいりました。お邪魔にならないよう気をつけますので、よろしくお願いいたします」

　茶屋は、彼女のコーヒーと水のグラスが残っているテーブルへ、トレイを置いた。

　昨夜は、帰省した梁部かるたと細谷水砂をまじえて、レストラン・エスターテで食事したことを話した。

「なぜエスターテを選んだかというと、七年前、広島の盛り場のホテル火災で亡くなった前田正知の奥さんだった人が、その店のマネージャーを務めているからです」

「前田正知という人は、ホテル火災で亡くなる二年前に、宮島の海から行方不明になっていたのでしたね」

「そう。二年間、どこかに隠れていたんだ」

「世間に、死んだものと思わせていたんですね。なぜでしょう？」

「彼は建築家で、仲間とはじめた設計事務所の所長だったし、広島では今や屈指に挙げられているビルの設計を請負うことになっていた。彼が行方不明になったのは、そのビル設計が決定して間もなくだった。これは私の推測だが、前田には、彼の出世を阻《はば》もうとする人間がいた。前田が一段ずつ出世のステップを踏もうとすると、その前に立ちはだかる。彼をじっと観察していて、肝心なときに邪魔をする。それが分かっていたので、その人間の始末を考えた。それには、この世から消えたことにするしかなかった」

「出世の邪魔をする人間を、始末したでしょうか?」

「実行したんだ」

「始末された人間がだれだったかは、分かっているでしょうね?」

「見当はついている」

茶屋は、バターを塗ったパンを一枚とフルーツ入りのサラダを食べた。遥はメモを取っていたノートをバッグに入れると、茶屋のためにコーヒーを注いできた。

「前田という人の奥さんだった人が、エスターテのマネージャーを務めている。ゆうべは、かるたさんとの食事に茶屋先生がエスターテをお選びになった。その理由は、なんでしたか?」

遥は、またノートとペンを取り出した。

「水砂さんに、前田正知の奥さんだった前田江莉さんを見せるためだった。私は取材中に、江莉さんは、夫は海で行方不明になったが、死んでいないことを知る機会があったと感じた。前田は死なずに隠れているという情報を彼女に伝えた者がいたとみたんだ。夫が生きているのを知った江莉さんは、なぜ隠れているのかと、夫の動向をさぐる気になったと思う」

「江莉さんは、前田正知が隠れている場所を知ったということですね」

「そう。居場所をつかんで、前田の呼吸を密《ひそ》かにうかがっていたんだ。七年前の七月二日の夜、江莉さんはなんらかの方法で、あるいはだれかからの情報で、前田が広島の盛《さか》り場へいくことをつかんだ。たぶん付合っている女性がいて、その人と会うことが分かった。それで江莉さんは、繁華街で女性と会っている前田を物陰から観察していた。すると前田は、女性とホテルへ入った。江莉さんは、夫の前田がなぜ行方を隠していたかを、彼が身を隠していた二年間にやったことでその理由を知ったと思う。前田は息を殺して隠れていただけでなく、親密な関係の女性もいた。その女性と、目的が明白なホテルに入るところを目撃した……」

「分かりました。スナックに勤めていた水砂さんが、お客さんを送っていったついでに、ビルの出入口付近で一服していた。そのあいだに、近くで江莉さんの姿を見たということですね」

「そのとおりだ」

「水砂さんは、前から江莉さんを知っていたんですか?」

「スナックのお客に誘われて、エスターテで二回食事をしていたんだ」

「二回とも店内で、マネージャーの姿を見たというわけですね」

「すてきな女性だと、憧れる気持ちになったということだ」

「夫の前田が、女性とホテルに入ったのを目撃した江莉さんは、薬局がある方向へ走っていった……」

二か所の薬局で燃料用アルコールを一本ずつ買った江莉は、落着きのないせかせかとした態度ではなかったのだろう。ホテルに入った前田は二時間ぐらいは出てこないと踏んだので、慌てる必要はなかった。「サイフォンでコーヒーを立てるの」と、薬局の人に思わせるように冷静をよそおっていたのではないか。


茶屋は、広島中央署の村上刑事に電話して、話したいことがあるのでこれから署へうかがうがよいかと訊いた。

「あなたはまだ、広島にいたんですか」

「はい。まだまだ」

「まだまだって、いまも例の女のコがやった事件を、こねくりまわしているんですか？」

「こねくりまわす価値があるからです」

「東京にいても、仕事がないんでしょ」

大きなお世話だと茶屋はいいたかったが、「そうです」といい返した。

村上は、署にきてくれれば会うと、高いところから見下ろしているようないいかたをした。

「わたしは、一緒でないほうがいいでしょうか？」

遥は警察というところが嫌いなのか、首を肩に沈めた。

「一緒にいったほうがいい。私だけだと、のちのち証人がいないとか、証拠がないといって、揉み消されることが起きないともかぎらないので」

「そうですか。では、お手洗いへ」

遥はバッグを抱えると、小走りに去っていった。

頭上を濃い灰色の雲が川のほうから流れていて、朝だというのに夕暮れのように暗かった。茶屋と遥が広島中央署に着くのを待っていたかのように、大粒の雨が落ちてきた。受付の前の椅子で、激しい雨音を聴きながら、村上が呼びにくるのを待った。

二十分ほど経って茶屋たちを呼びにきたのは長身の上杉刑事だった。彼は、お待たせしましたとはいわなかった。

先日と同じ小会議室で、村上、上杉の両刑事と向かい合った。

「七年前の七月二日の夜、流川町辺りの防犯カメラの映像をご覧になっていますね？」

二人の刑事から、きょうはどんな用事かと訊かれる前に茶屋は切り出した。

「私は、この署にいなかったので、見ていません」

村上は太めの眉を動かした。

「私もここには」

上杉は、茶屋と遥をにらむ目をした。

「カメラ映像を複写しているでしょうね？」

「なぜそんなことを訊くんですか？」

村上だ。

「ある人が映っているんじゃないかと気付いたんです」

「ある人なんていわず、どこのだれなのかを、はっきりいってください」

「リバーウエストビルの一階に、エスターテというレストランがありますが、ご存じですか?」

「知ってます」

「その店のマネージャーの前田江莉さん。彼女が映っていることが考えられるんです」

「その女性が映っているかをどうして知りたいんです?」

「その日に、ホテル火災で亡くなった前田正知さんの奥さんだったからです」

「死んだ人の奥さん。前田正知さんという人は、その二年前、海で遊んでいるうちに行方不明になった人でしたね」

「ヨットから転落して死亡しただろうとみられていた人でした」

「ところが、生きていた。どこかに隠れていたんでしょうね。たしか建築家ということだったが、まともな生きかたの心がけのない男性だったようだ。……その前田さんの奥さんが、ホテルが火事になった夜、流川町にいたんじゃないかって、茶屋さんは気付いた。どんなことからそれに気付いたんですか?」

村上は、幅の広い顔を少し前へ出した。

「ホテルが燃え出す前、前田江莉さんがその近くを歩いているのを、目撃した人がいるんです」

「その目撃者の話は信用できるんですね?」

「勿論《もちろん》。その人は、彼女を見掛けた位置も正確に憶えています」

「前田江莉さんを知っていた人なんですね?」

「レストランで見て、強く印象に残った女性だったんです」

村上は上杉のほうへからだをかたむけ、小さい声でなにかいっていた。上杉はうなずくと椅子の音をさせて立ち上がって部屋を出ていった。七年前の例の事件の資料をさがしにいったようだ。

「例の事件の夜、前田江莉さんが流川町にいたとしたら、どういうことが考えられるんですか?」

村上の話しかたがいくぶん和やかになった。

「江莉さんは、夫の前田さんが生きているのを知っていたんじゃないかって、考えられるんです」

「それは、茶屋さんの想像ですね?」

「いや。前田正知さんが生きていたのを知っていた人がいて、それを前田さんの知り合いだった人や、前田さんと関係のある人に電話で知らせていた。知らせた人は、江莉さんの耳にもそれを入れていたにちがいないんです」

「あなたは、詳しく調べているようですね」

「調べる値打ちがあるからです」

茶屋はジャケットの胸を押さえた。電話が彼を呼んだのだ。内ポケットからケータイを取り出した。


相手は梁部説休だった。

彼は、神戸のレストラン・エスターテの本部にいる知り合いから、七年前の前田江莉の出勤状況を訊き出したのだった。江莉の休みは水曜と木曜。それは彼女がマネージャーに就く前からだったことが分かった。

「七年前の七月二日は、木曜でした」

説休の声には力がこもっていた。

二十分あまり経って、上杉は段ボール箱を抱えてもどってきた。箱には［取扱い注意］と赤い字が書かれていた。

白いものがまじった髪を短く刈った副署長が入ってきた。茶屋と遥は立ち上がって挨拶した。

解決ずみの事件の資料を、外部の人に見せることになったので、村上が上司に許可を取りたいと話したのだ。

「当日の防犯カメラの映像のコピーは、保存されているんですか?」

副署長は、資料を運んできた上杉に訊いた。

「約百五十コマの写真になっています」

上杉は、資料室で写真を確かめてきたようだ。

「出してみてください」

副署長にいわれて、上杉は村上に目顔の合図を送って、黒い表紙のアルバムを箱から取り出した。表紙に、年月日と時刻を書いた紙が貼ってある。モノクロ写真は一ページのポケットに三枚ずつ収まっていた。五人は椅子を立って写真に注目した。

どの写真も建物の庇《ひさし》の高さから道路を向いているので、濃い灰色をした路面が映っている。車や自転車に乗った人はぼやけていたが、カメラの近くを歩く人の顔はわりにはっきり捉えられている。

「あ、これ」

十ページほどめくったところで、茶屋がボールペンの頭を写真にあてた。薄い色の帽子をかぶっている女性を指した。細いボーダーの半袖シャツに黒か紺のパンツを穿き、靴は白のスニーカーのようだ。バッグは白っぽい色のショルダー。その女性は六コマつづきに映っていた。顔が上向いているのが二コマあった。

「前田江莉さんです。まちがいない」

茶屋は断言した。六コマに付箋《ふせん》が付けられた。

三ページ先にまた江莉が捉えられていた。立ちどまって振り向いたような姿勢をしている。そこから五、六ページのところでも彼女は三コマに収まっていた。道路右側のカメラが捉えたものらしく、彼女の何メートルか先に本山薬局の看板が入っていた。

茶屋は防犯カメラが捉えた人物のそれぞれを注意ぶかく観察した。細谷水砂が映っていないかを見たのである。水砂の姿はどのコマにも入っていなかった。

茶屋は江莉が映っている十一コマを、カメラで撮影しようとした。

「撮らないでください」

副署長が手を突き出した。「この写真は警察の内部資料です。外に出してはならないものですが、茶屋さんの話を裏付ける目的で、ご覧に入れただけです。この写真が流出した場合、被写体の女性を脅《おど》す者があらわれないともかぎりませんし」

副署長は、防犯カメラが捉えていたのを確認できただけで、目的を充分達したのではないかというのだった。

茶屋はうなずいた。カメラもノートもバッグにしまった。

刑事の村上と上杉は、事の成り行きを憂慮《ゆうりょ》したのか、不安げな顔をしていた。

細谷水砂の記憶は合っていた。例の事件の夜、水砂は田川ビルの一階でタバコに火をつけた。その前を江莉が通った。数分後、タバコを買いにいった。タバコ屋の前でも江莉の姿を認めたのだろう。そしてその何十分か後に、思いもよらない事件が発生したのである。その事件で母親を失った。それから青春の七年間を、暗黒の鎖につながれていた。

2

西区東観音町の坂下《さかした》歯科医院に勤務中の八年前の九月、長野県の中央アルプス宝剣岳において、登山中、道に迷ったのが原因で疲労凍死した土屋美沙紀の身辺を調べることにした。死亡時、彼女は三十二歳。独身で、南観音のアパートに住んでいた。

その彼女の日常に目を凝《こ》らしていた者がいた。男性だろうと思われる。

「土屋美沙紀という女性と、ホテル放火事件は、どう関係があるんですか？」

カレーの匂いが充満している店で、遥はノートを開くとペンをかまえた。

「前田江莉さんには、桑畑夏子さんという友だちがいる。夏子さんは江莉さんの夫の前田正知とも知り合っていた。前田が宮島の海から行方不明になったあと、夏子さんは見知らぬ男から妙な電話を受けた。土屋美沙紀が登山中に行方不明になっているという記事が新聞に載ったが、彼女には男の同行者がいた。その男は夏子がよく知っている人だという意味の内容だった。土屋さんは登山者に発見されてホテルへ運ばれたが、激しく衰弱《すいじゃく》していたらしくて、亡くなった。亡くなったあとしばらく経って、彼女の兄に見知らぬ男から電話があって、彼女はかなり歳上の男性と交際していて、その男と一緒に登山に出掛けた。彼女は山中で独りでいるところを発見されたのだから、同行者である男に置き去りにされたのだといった。電話の男は彼女の兄に、なぜ妹を山に置き去りにした者をさがさないのかと、責めるようなことをいった。その電話の男と、夏子さんに電話してきた男とは、同一人だと思う」

茶屋は、美沙紀の日常にある程度通じていたストーカーのような男をさがしあてたかった。

坂下歯科医院の午後の診療は二時半から七時半となっていた。午後の診療がはじまる前に医師に会いたいと電話した。医師とは一時半に医院で会うことになった。

東京の事務所に電話した。

「はい」

サヨコの声だ。いつもは、「茶屋事務所でございます」といっているのに、きょうは無愛想だ。

「二週間後から、『女性サンデー』の連載がはじまる。それにそなえて、広島市内にはなぜ川が幾筋もあるのかと、広島市の成り立ちを調べておいてくれ」

「そちらは、どちらさまでいらっしゃいますか?」

妙なことを訊く女だ。サヨコではないのか。それともべつのところへ電話が掛かったのか。

「なにをいってるんだ。サヨコじゃないのか?」

「他人を呼び捨てにしないでください。親が考えて付けてくれた、サヨコというちゃんとした名前なのですから」

いままで一度も聞いたことのない科白《せりふ》である。サヨコはゆうべ飲みすぎて、その酔いから醒《さ》めきっていないのではないか。夢のつづきのまま出勤したにちがいない。あと二、三時間経ったら真人間になるのではないか。

「ゆうべは、どこで飲んだんだ?」

「そんな個人的なことを、お答えする必要はありません。それから申しあげておきますが、これからは、いきなり仕事を指示するようなことはやめていただき、こうこうこういう理由でこういうことを知りたいのですが、ご都合はいかがでしょうかというふうに、訊いてください」

「なんだか、おまえはヘンだ。酔いが醒めたころに電話をし直す。冷たい水でもかぶるといいんだが」

サヨコは咳払いを聞かせた。

「あたしは、酔ってなんかいませんよ」

口調が変わった。

「酔っていないんなら、医者に診せたほうがいい。突然、妙なことを口走ったり、妄想の世界から抜けきらないことがあるといって」

「あたしは、どこも悪くありません。医者に診せろなんて、失礼な。ところで、そっちにいつまでいる気なんですか?」

「好きで広島にきているんじゃない。真実を追いかけて、あっちへこっちへと」

「楽しそうですね」

「楽しくはない。仕事だから。そんなこと、分かっているだろ」

「分かっていません。いままでは、たいがいのことを我慢《がまん》してきたけど、今度という今度は」

「いったい、なにをいいたいんだ?」

「とぼけたふりをして。高峰遥さん、またそっちへいったじゃないですか。先生が招んだんでしょ。事務所には、あたしとハルマキがいるんですよ。取材に助手が必要なら、あたしたちを招ぶのが普通じゃない。高峰さんは、会社をクビになってもいい、茶屋先生のそばにいたいのでっていって、広島へ引き返したそうです。先生が招んだんでしょ」

「だれが、そんなことをいってるんだ?」

「あたしには、そういう情報が入るルートがあるんですよ」

「ひねくれ者が扱うと、事実を歪曲《わいきょく》した情報になる」

「このままだと、あたし、毎日、決まった時間に起きて、決まった時間に出勤できなくなるかも」

「そうなる前に、信頼できる医療機関を受診することだ」

「あたしがいってることや、あたしの健康状態を、先生は正確に判断できなくなってるのね」

「そんなことは、ないと思うが」

「このせまい事務所で、あたしが、くる日もくる日も、七転八倒してることを少しでも察したら、自分だけうまい物を食ってないで、瀬戸内海の産物の一つも送る気になりそうなものなのに、そういう気遣いがない。それは、なにかに気を取られているからだ。いまに天罰が下されて痛い目をみることになる。そのとき悲鳴を上げたり、あたしに助けを求めても、あたしは手を差しのべない。……最後に一言言っとくけど、どこへ出しても、茶屋次郎に勝ち目はないからね」

いっていることが支離滅裂《しりめつれつ》だ。ゆうべの深酒のせいではなくて、目下、片方の手には酒のグラスがにぎられているのではないか。

電話は、サヨコのほうから切れた。

それを待っていたように、ハルマキが電話をよこした。

「わたしいま、どこにいると思います?」

彼女の声は正常のようだ。が、どこにいるのか分かるわけがない。まさか、広島駅にいるとでもいうのでは。

「外出中か?」

「NHKの近くの、山姥《やまんば》」

店内を山小屋風にしつらえたカフェだ。

「買い物にでも出たついでに、油を売ってるんだな?」

「事務所にいると危ないの。いろんな物が飛んでくるの」

サヨコがデスクの上の物を投げつけるのだという。二人は姉妹《きょうだい》喧嘩か、じゃれ合っているようにしか茶屋には思えなかった。

坂下歯科医院には受付係と助手の女性三人がいた。小太りの医師は五十代半ば見当で、黒縁のメガネを掛けていた。

八年前、長野県の宝剣岳で死亡した土屋美沙紀は、ここに約七年間助手として勤めていたという。

「私の家内も歯医者で、美沙紀がいたころは一緒に診療にあたっていました。家内は美沙紀を気に入っていて、休みの日にはドライブや美術館へ連れ出していました。美沙紀は健康で、廿日市市のお母さんが病気になったとき以外には、何日かつづけて休んだことはなかったと思います」

「先生は、土屋美沙紀さんが山で亡くなられたときのようすを、どなたかからお聞きになっていますか?」

彼女が行方不明になったときと、数日後、登山者に発見されて最寄りのホテルに運ばれたが、そのときは事切れていたのを新聞で読んだにちがいない。

「お通夜とお葬式は、廿日市市の実家近くのお寺でした。彼女のお兄さんに会いまして、長野県の警察の人から美沙紀の遭難のようすを詳しく聞いたということでした。それまでの彼女には本格的な登山経験はなかったし、お兄さんも彼女から山の話を聞いたことはなかったそうです」

「彼女には、同行者がいたようです。その人に誘われて、初登山をしたのでしょう。登山の前に、こちらへ休暇を願い出ましたか?」

「たしか、三泊四日の予定を、私にも家内にも話したという憶えがあります。家内は、『三泊もする山って、どこの山なの？』と訊いていました」

「同行者がいたのに、同行者は山中で彼女が、たとえば動けなくなったという通報をしなかったし、その前に登山届も提出していなかったということです。疑えば、同行者は最初から、彼女を山中に置き去りにする計画だった。つまり殺人です」

坂下医師は、眉間に立てた皺を深くした。

茶屋は、美沙紀が付合っていた男性を知っていたかと訊いた。

「彼女が亡くなったあと、家内とも話し合ったことですが、うちへ入って一年ぐらい経ったころだったか、結婚するようなことをいったんです。家内は、相手はどんな人かと訊いていました。たしか建物の設計やデザインを職業にしている人といったので、家内は素敵な職業だなんていっていたものです」

しかし美沙紀の結婚話は、相手に不都合なことでもあったのか進展しなかった。坂下夫婦は、彼女の結婚には触れないことにしていた。

「先生と奥さんは、彼女とお付合いしていた男性をご覧になったことは？」

「ありません」

「美沙紀さんとは、だいぶ年齢差があったようですが、それをお訊きになったことは？」

「いいえ。結婚が延び延びになっているのは、いい状態ではなかったでしょうから、私たちはそっと見ていたんです」

「美沙紀さんの葬儀のあと、彼女のお兄さんにお会いになっていますか？」

「会っていません。お葬式のあと、一か月ほど経ったころだったでしょうか、丁重な礼状をいただきましたが、それには、妹がだれかと一緒に山に登ったのは事実のようだということと、信頼していた人に裏切られた彼女は悔しい思いのまま息を引き取ったにちがいない、と書いてありました。……美沙紀は、登山経験のある人と二人で登ったんでしょうが、経験者は男性だったでしょうね？」

「お付合いしていた人だったと思います。……美沙紀さんはだれかから、日常をのぞかれていたようですか、それをご存じでした？」

「のぞかれていたというと……」

「たとえばストーカー行為を受けていたとか」

「そういえば、近所に住んでいる男性から、付合ってくれないかといわれたといったことがありました。美沙紀には好きな人がいたので、断わったといっていました」

「近所に住んでいる男だったんですね」

「何度も見掛けた人だったといっていました」

美沙紀に思いを寄せていたその男は、彼女の暮らし向きをうかがっていた。彼女が何時に起床して、何時にアパートを出て、坂下歯科医院へはどの道を通っていくのかを知った。男は、彼女に恋人がいるのを知らなかったので、付合ってもらえないかと打ち明けたが、その思いはかなわず、彼女に断わられた。そして彼女には交際している男性がいることも知った。その男性を見たことがあったのだろう。だから美沙紀よりはだいぶ歳が上だということも分かったのだ。だが、それ以後も彼女の生活をのぞいていて、彼女には付合っている男性がいるのを知っていたが、それでも諦められず、彼女の髪の匂いを嗅ぐように、後を尾けた日もあった。そのストーカー男は、彼女が登山にいった山で死亡したのを知った。それで山へは付合っていた男と一緒にいったにちがいないと考えた。美沙紀は山で単独で発見された。山中で同行者の男とはぐれたにちがいない。いや男に、登山者が踏み込まないところへ置き去りにされたのだ。男は無傷で帰ってきて、素知らぬ顔をしていそうだ。これは事故ではない。殺人だと、闇に向かって目を光らせた――

茶屋は、ストーカー男は、美沙紀を山へ棄てた男の住所を知っていた可能性があると推測した。

3

茶屋と遥は、土屋美沙紀の暮らし向きをのぞいていた男を仮に「S男」と呼ぶことにした。

前田江莉と、その友だちの桑畑夏子と美沙紀の兄の土屋重幸に電話をしたのは、S男だろう。彼は初め、美沙紀に対して恋心を抱いているだけだったが、彼女が登山に出掛けて死亡したことから、同行者がいたにちがいないと考えた。その前から彼女にはかなり歳上の恋人がいるのをつかんでいた。彼女の登山の同行者はその男だろうとにらんだ。それでS男は、美沙紀を山に棄てて帰ってきた男の身辺をさぐったのではないか。

「S男は、美沙紀さんを山へ誘った男の住所を知っていたので、どういう人間かをさぐったかも」

遥は、キラキラと瞳を輝かせた。

土屋美沙紀は、西区南観音のアパートに約二年間住んでいた。美沙紀が死んだのは八年前だったが、彼女を憶えている人がいた。彼女の部屋は二階で、その真下の部屋の主婦は、

「山で亡くなった土屋さんでしょ」

といった。「土屋さんは、パンダのような白と黒の可愛い猫を飼っていました。登山に出掛けるので何日かいなくなるといって、近くの獣医さんに猫をあずけていたんです。土屋さんが亡くなったあと、わたしがその猫を引き取ってましたけど、一年ぐらいで、病気になって、死んでしまいました」

主婦は、美沙紀の部屋を訪ねてくる男性を、二、三回見たことがあるという。

「わりに体格のいい人でした。髪を短く刈っていて、陽焼けした黒い顔だったのを憶えています」

その男は何歳ぐらいだったかを茶屋は訊いた。

「四十代前半じゃなかったでしょうか。わたしは、ひょっとしたら家庭のある人じゃないかって思っていました。土屋さんは清潔な感じで、家庭のある男

性とお付合いするような人には見えませんでしたけど、人は分からないものですね」

主婦は、美沙紀の容姿を思い浮かべているようだ。

茶屋は、土屋から借りた写真を見せた。主婦はじっと見ていたが、

「わたしが見た人は、短い髪をしていました」

別人だと思ったのか、首を振って写真を返した。

「土屋さんの暮らしを、そっとうかがっていた男がいたようでしたが、お心あたりはありますか？」

「うかがっていたとは、どういうことなんですか？」

「好意を持っていたんだと思います。たぶんお付合いしたかったんでしょう」

主婦は寒気でも覚えたのか、二の腕をさすった。心あたりの男はいなかったようだ。

「土屋さんはここに二年ほど住んでいましたけど、その前は西川口《にしかわぐち》にいたということでした」

天満川の対岸だ。その住所は坂下歯科医院の記録で分かっていた。南観音橋を渡って前住所をさがした。

美沙紀の前住所も二階建てアパートだった。そこにも彼女を憶えている人がいた。髪を茶色に染めた四十代半ばで、いかにも水商売をやっているらしい女性だった。

茶屋が、訪ねた目的を告げると、その女性は表情を曇らせた。

「わたしは土屋さんが勤めていた坂下歯科にかかっています。土屋さんが歯医者さんにお勤めになっているのを知ったので、その伝《つて》で通っていたんです。今年も一度いきました。丁寧に診てくれるいい先生です。土屋さんが登山にいって、そこで亡くなったのを聞いて、びっくりしました」

彼女は美沙紀が、パンダに似た猫を飼っていたことを知っていた。

「土屋さんは、だいぶ歳のはなれた男性とお付合い

していましたが、それは？」

「歳のはなれた人は知りません。土屋さんは、気味の悪い男に付きまとわれていたので、その男から逃げるために引っ越したんです」

「気味の悪い男。……あなたはその男を見たことがありますか？」

「あります。その男が捕まったところも見ました」

「捕まった？」

茶屋は目を見張った。

「郵便局の隣に衣笠《きぬがさ》さんという塀で囲んだ家があります。塀の下からその家のなかを男がのぞいていたのを、近所の人が見つけて警察に電話したんです。パトカーがサイレンを鳴らさずにそうっと近づいてきて、塀のところにしゃがんでいた男を捕まえました。三年ぐらい前のサクラが散っているときでした。夕方、わたしがお店へ出るために歩いていたら、すぐ近くにパトカーがとまったんです。お巡りさんが二人、降りたので、なにかあったなって思って、わたしはじっと見ていました。お巡りさんは、衣笠さんの家の塀の近くにいた男になにか訊いていましたけど、すぐに男の腕をつかんで、パトカーに押し込みました。犯人が捕まる瞬間を見たのは、初めてでした」

彼女は黒いTシャツの胸に手をあてた。

「捕まったのは、かつて土屋さんに付きまとっていた男だったんですか？」

「そうです。その男は、わたしにも声を掛けたことがありましたので、顔を憶えていました。色白で、やさしげな声で、丁寧な言葉遣いをする人でした」

「その男の職業はなんでしたか？」

「職業はなかったんじゃないでしょうか。一般の人が働いている平日の時間に、他所の家をのぞいていたんですから」

その男は当時、三十二、三歳だったという。

「衣笠さんという家には、若い女性がいました？」

「いたんじゃないでしょうか。わたしはその家の五十歳ぐらいの奥さんを見たことがあっただけで、何人家族かも知りませんでした」

「あなたは、土屋さんに付きまとったり、他所の家をのぞいていた男の住所をご存じでしたか？」

彼女は、だいたい見当はついていたといった。そこは小学校の川寄り南角辺りだという。

「名字は知りませんけど、同じような住宅が五、六軒並んでいて、そのうちの一軒です。わたしはその近くで声を掛けられたんです」

茶屋は小学校の場所を訊くと、茶髪の女性に礼をいった。

「土屋美沙紀さんは、変質者に付きまとわれていたんじゃないでしょうか」

遥は、道の端に寄るとノートにメモをした。

小学校の川寄りを南へ歩いた。倉庫のような建物とコンビニのあいだに、二階屋が六軒並んでいた。どの家にもガレージがあって似たような造りだ。

茶屋と遥は、六軒の前を通過した。六軒のうちの一軒が茶髪の女性がいった男がいる家なのだろう。それがどの家なのかは分からないので、いきなりインターホンに呼び掛けることができない。

「なんて訊けばいいかな？」

茶屋は遥の顔を見ながら首をかしげた。

「三年ほど前に、パトカーの巡査に捕まった男の家は、なんて訊けませんものね。茶屋先生が、どの家で、なんといって訊くかを、わたしは後ろで見ています」

茶屋は腕組みしてコンビニをにらんでいた。女子高校生と思われる二人がコンビニへ入っていった。タクシーがとまった。運転手がコンビニへ入った。

コンビニの裏側にあたる家から六十代ぐらいの小柄な女性が出てきた。その人は買い物にいくのか布のトートバッグを持っていた。茶屋は主婦と思われるその女性に声を掛けた。

「つかぬことをおうかがいします」

「はい」

主婦は丸い目をした。

「この一角に、色白の三十代半ばの男の人がいらっしゃると思います。とても丁寧な言葉遣いをなさる人ですが、お心あたりはありませんか？」

女性は茶屋の顔を見上げた。

「あなたは、警察の方？」

「いいえ。警察官ではありません。いま申し上げた人に会いたいので、その人のお宅はどこなのかをさがしているんです」

「あなたがさがしておいでになるのは、そこの清須《きよす》さんの息子さんだと思います」

主婦はコンビニから二軒目の家を指差した。

「名前をご存じでしょうか？」

「それは知りません」

「奥さんはわたしを、警察の者かとおっしゃいましたが、清須さんの息子さんと警察は、なにか関係があるのでしょうか？」

「そう思っただけです」

主婦は、急ぐのでというふうにちょこんと頭を下げて去っていった。

主婦が指差した家の軒下には［清須］の表札が出ていた。

警察官はこのような場合、公簿を照会するだろう。清須という家の家族に三十半ばの年齢に該当《がいとう》する男がいるかを確認する。正確な名前が分かる。その男に犯罪の前歴があるかをも確かめるにちがいない。

茶屋はそれができないので、清須家の人が出入りするのをじっと待つか、それとも出たとこ勝負で直接あたってみるかだ。

遥は道路の端から茶屋がどうするかを、冷めた目で見つめている。

茶屋はしばらく迷っていた。この時間、清須家にはだれもいないのか、窓ガラスには影さえ映らなかった。

しかし幸運というべきか、グレーの半袖シャツの年配女性が買い物袋を提げてきて、清須家の玄関ドアに鍵を差し込んだ。主婦にちがいないと思ったので、声を掛けた。振り向いた女性に、

「息子さんはいらっしゃいますか？」

と訊いた。

「ヨシノリにご用ですか？」

「うかがいたいことがあるので、お会いしたいのです」

茶屋は主婦に名刺を渡した。

主婦は、つまんだ名刺を目から遠ざけた。細かい文字は読めなかったようだ。

「ヨシノリに、どんなことを？」

「ヨシノリさんのお知り合いのことについて、おうかがいしたいんです」

「ヨシノリは、三十分ばかりすると帰ってきます」

「では、ここでお待ちします」

主婦は、茶屋の全身を見るような目をしたが、家のなかへ入って待てとはいわなかった。

玄関のドアは小さな音とともに閉まった。

茶屋は、冷たい目をしている遥に近寄った。

「清須家の息子は、ヨシノリという名前らしい」

「どんな字なんでしょうね」

遥は、自販機で買った冷たい缶コーヒーを差し出した。空の蒼い部分を濃い灰色の雲が消していた。遠くで稲光が雲を裂いた。一拍遅れて雷鳴がした。雨が降らないことを祈りながら怪しい色の雲の流れを眺めた。稲光は薄くなり雷鳴も遠のいた。白いシャツに黒いズボンの男が自転車でやってくると、車のない清須家のガレージへ入った。

4

清須家のガレージで、色白の痩せぎすの男は茶屋の名刺を受け取ると、清須佳則《よしのり》だと名乗った。神経質で病的な感じだ。普通の勤め人が帰宅するには時間が早めである。もしかしたらどこかを病んでい

て、治療を受けてきたのではなかろうか。

立ち入ったことを訊くが、ここでよいかというと、清須は受け取った茶屋の名刺を見直した。

「茶屋次郎さんて、憶えやすいし、いいお名前ですね」

「ありがとうございます」

「なにをなさっている人なんですか?」

茶屋は、旅行作家の仕事を説明した。

清須は、いままでどことどこへいったのかと訊いた。訪ねた土地をすべて話していたら、立ち話が長くなりそうなので、たいていの人が知っていそうな北海道と東北の地名をいくつか答えた。

「いい仕事ですね。仕事はいつもあるんですか?」

「おかげさまで、切れたことはありません」

「ぼくは、ずっと前に、小説を書きました」

「ほう」

「小説がたくさん載っている雑誌が、小説を募集しているのを知ったものですから、ぼくは小説を書いて、送りました。ところが、その雑誌からは、ぼくの小説を受け取ったとも、いつ雑誌に載せるのかも知らせてきませんでした。それで、ぼくは電話して、ぼくが送った小説はどうなったんだと訊きました。そうしたら、『あなたのご期待にはそいかねますので、あしからず』っていわれました。小説を募集しているから、書いて送ったのに、あしからずだなんて。……ですので、そのあと書いた、小説はどこへも送っていません」

「いまは、どんなお仕事をなさっていらっしゃるんですか?」

「仕事は、していません。図書館で、本や新聞を見ています」

道路の反対側に立っていた遥が、足音を忍ばせるような歩きかたをしてガレージへやってきた。茶屋が彼女を清須に紹介した。

「きれいな人ですね。どうしてここにいるんですか?」

清須は遥に一歩近寄った。

遥は微笑して、名刺を渡し、茶屋の仕事を取材しているのだと話した。清須には遥の仕事が理解できないらしく、同じ質問を繰り返した。彼女は清須の異常なほど几帳面《きちょうめん》そうな性格と、いくぶん病的な感覚を呑み込んだらしく、目を細めて、自分の目的を噛み砕いて説明した。

「面白いですか?」

清須は表情を和ませた。

「やり甲斐《がい》があります」

遥が笑うと、清須も頰をゆるめた。

清須と遥の会話が跡切れたところで、付近のアパートにいた土屋美沙紀を憶えているかと、茶屋が訊いた。

「知っている人でした。ぼくが何回も会った人ですけど、茶屋さんも知り合いだったんですか?」

「私の知り合いではありませんし、会ったこともありません」

茶屋は、美沙紀を知ったきっかけを話した。長野県の山で動けなくなっていたところを、通りかかった登山パーティーに救助されたが、手当てを受ける前に亡くなった。それまでの彼女には登山経験はなかった。たぶん登山経験のある人と一緒に登ったのだろう、といった。

「そうです。おっしゃるとおりです」

清須の目つきが変化した。「土屋美沙紀さんは、ある男に、高い山に連れていかれて、置き去りにされたんです。ぼくは、彼女が山のなかで行方不明になったのを、新聞で知ったとき、彼女と男ははぐれて、男も行方不明になったのだろうと想像しました。登山者の遭難の原因を新聞で読んだことがありますけど、いちばん多いのは道迷いということです。美沙紀さんと男は、はなればなれになってしまい、方角も分からなくなって、何日間も山中をさまよい歩くうちに、二人とも疲れはてて、倒れてしまったのだろうと思っていました」

清須は、棚に置かれているワックスの赤い缶を、刺すような目で見つめ、そこに存在する像にでも取り憑《つ》かれているように喋った。

「美沙紀さんが山で亡くなったのを、新聞で知った朝、ぼくは、彼女が住んでいたアパートの部屋の窓を見て、手を合わせました。次の日も、その次の日も、同じ場所で手を合わせました」

遥は、そっとバッグに手を入れた。スマホを取り出すと、一点をにらんで喋りつづけている清須を撮影した。

「それから、幾日か経ってからです。ずっと前に、美沙紀さんの部屋から出てきたところと、彼女と並んで歩いているところを見た男に、出会いました。そのときのぼくは、すごくヘンな気持ちになりました。美沙紀さんは、その男と一緒に山に登って、二人とも行方不明になったと思い込んでいましたので、なぜその男が、なんでもなかったような顔をして歩いているのかって、ぼくはいろんなことを考えました。……ぼくは、美沙紀さんとその男は、とても仲よしだから、会っていたんだと思っていましたけど、ほんとうは仲よしじゃなかったと思うようになったんです。そう思ったとき、彼女の遭難は、計画されたものだった。彼女は男の計画にはめられたんだと分かりました」

清須は赤い缶をにらんだまま、深い呼吸をした。

「見憶えのあるその男は、どんな体格か、どんな顔立ちかを、いまも憶えていらっしゃいますか?」

「ぼくよりずっと大きくて、顔も腕も陽に焼けていて、たくましく見えました。美沙紀さんと一緒に歩いているのを見て、その男が恨めしかったです」

「あなたは、その男の住所をご存じだったでしょうね?」

清須は急に茶屋に顔を振り向け、まばたきをいくつかすると、また赤い缶に視線を移した。返事に迷っているのか、二、三分黙っていたが、男は、この先の寺に住んでいたと答えた。

「お寺に」

「夢煙寺《むえんじ》です」

茶屋と遥は、顔を見合わせた。

「清須さんは、その男の住所を知っただけでなく、氏名も、どういう人なのかもお調べになったのではありませんか?」

「なぜそれを……」

清須は怒ったような顔をした。

「私は、清須さんにたどり着くまでに、何人もに会いました。会った人の話をつなぎ合わせ、切れかかった糸を結び直しているうち、清須さんは、ある男の重大な秘密をつかんだ方だと、確信したんです。黙っていたら分からないことだが、正義漢のあなたは、黙っていることができなかった」

清須は喉が渇いたのか、唇を舐めた。茶屋は清須を観察してこんな想像をした。

――清須は美沙紀に執着《しゅうちゃく》していただろう。彼女に恋人がいるのが分かってからも、彼女への思いを絶ち切ることができず、彼女が出掛けるころや、帰宅するころを見はからって近くの物陰に立っていた。そのうち彼女の部屋から出てくるのを待ちつづけていたことを訪れる男の姿を認めた。男が彼女の部屋から出てくるのを待ちつづけていたこともあったろう。そうしていて、男がどこに住んでいるのかも見届けた。しかしすぐには、男の氏名などは分からなかったはずである。男が住んでいる寺の人にでも訊いたのだろうか。清須が尋ねたとしても、寺の人は、男の氏名を答えたとは思えない。

清須は、夢煙寺の一角に住んでいる男の素性をどうしても知りたくなった。男がどういう暮らしをしているのかを知りたくなって、美沙紀が死んだ後もたびたび張り込んでいた。とある日、そこへ、容姿の美しい女性があらわれ、寺の塀に隠れるような格好をした。しばらくすると寺からは例の男が出てきた。女性はその男を見にきただけのようで、男を見送ると消えていった。

清須の興味は、物陰にひそんで男を見ていた美しい女性に移った。そこでその女性の帰りを尾行して住所を知った。彼女の住所付近で聞き込みしたか、あるいは彼女を張り込んで外出を尾け、勤務先を確認した。そこは広島市では屈指に数えられるレストランのエスターテだった――

「茶屋さんは、ぼくがやったことを見ていたようです。どうして、ぼくがやったことが分かったんですか?」

清須は顔を茶屋に振り向けた。瞳に力が加わった。

「さっきもいったように、何人もの話をつなぎ合わせていくと、私が清須さんにたどり着いたのと同じで、清須さんのなさったことが推測できたんです。……夢煙寺に住んでいた男と、その男を一目見にきたらしい女性の関係が、お分かりになりましたか?」

「夫婦だったんだろうって思いました」

「どんな点から夫婦だったと?」

「それから、男も寺で見かけなくなってしまって、気になってきれいな女性が住んでいるところと、前に住んでいたところの近所の人に、女性はだれと暮らしているのかを訊きました。そうしたら、いまは独りだけれど、二年前までは夫がいた。二年前その夫は、宮島の海で死んだと思われていたけど、その後に、流川町のホテルの火災現場から遺体で発見された。つまり二年間、どこかに隠れ住んでいたことが分かりました。その話を聞いて、不思議というか、人にいえない複雑な事情のある人はいるものだと思いました。それから何日か経ったある日、はっと気付いたんです。お寺に住んでいた男は、丁度その頃、今から七年前に、七年前とぼくははっきり憶えています。その男の姿を見なくなりました。……茶屋さんは勘がよさそうですので、ぼくが話さなくても、その男がだれで、なんのために夢煙寺に隠れていたのかが、お分かりになったでしょう」

茶屋はうなずくと、前田正知の写真を清須に見せた。

清須は、あっというように口を開け、

「そう、この男です。そうそう、この男は、長い髪をしていたり、短く刈ったりしていました。七年前、姿が見えなくなる直前は、髪を長くしていたのを憶えています」

「その男は、近くの理髪店にかかっていたんでしょうね」

「お寺で刈ってもらっていたんだと思います」

「頭を刈るぐらいはお寺でもできるでしょうが、清須さんは、どうしてお寺で刈ってもらっていたんだと?」

「夢煙寺のことを、『暗闇寺《くらやみでら》』と呼んでいる人がいます。戦争が終わって、五年ばかり経ってから出来たお寺ということですが、いままでに、素性の知れない男女を、何人も住まわせていたという話を聞いたことがあります」

清須は、夢煙寺を見るようにからだの向きを変えた。

「清須さんは、この写真の前田正知が、なぜ夢煙寺に隠れていたのかや、前田が親しくしていたように見えた土屋美沙紀さんのことを知ったのに、それをなぜ奥さんやその友人、美沙紀さんのお兄さんには知らせ、警察には知らせなかったんですか?」

「夢煙寺に隠れていた男が憎くて、憎くて。それで黙っていられなくなったんです……。そのうちに、怪しい男のことを小説に書くことを思い付いたんです。いえ、書いたんです。いえいえ、いまも書きつづけているんです。それで、取材のつもりで。でも、分からないことばかりですので、まだ書き上がっていません」

清須は、なにかに気付いたように、急に茶屋のほうへ向き直った。

「茶屋さんは、ぼくから聞いたことを……」

清須は目つきを変えた。年来の敵《かたき》に出会ったような形相《ぎょうそう》をした。近くにある物をつかみそうだ。遥が茶屋のジャケットの裾を二度引っ張った。恐怖感がはしったようだ。

茶屋は、清須に面と向かって、丁重に礼を述べた。

清須は表情を変えず、氷を嵌《は》め込んだような冷たい瞳を動かさなかった。

5

杉木立ちのなかの参道の石柱には、「雲中山夢煙寺《うんちゅうざん》」と文字が彫られていた。砂利《じゃり》を踏んで本堂の前へ立った。しだれ桜の枝先が地を掃《は》くように風になびいていた。小ぢんまりとした本堂には木造の階段が付いていて、張り出した庇の下にも右から「雲中山夢煙寺」と墨書きがされている。右手が庫裏のようだが、その裏側の木立ちのなかには離れ屋のような平屋が二つ三つ見えた。どの建物も青垣が囲んでいる。清須佳則は、この寺は素性の知れない男女を、何人も住まわせていたらしいといっていた。現在も住んでいる人がいるのではないか。本堂と庫裏のあいだには細い道が通っていて、その先は暗い。

茶屋と遥は中腰になって薄暗い道をのぞいていた。

「どなたですか？」

背後からいきなり太い声が掛かった。

振り向くと、光った頭に肩幅の広い男が伸棒《のし》のような物をにぎって立っていた。貼り付けたような濃い眉をした六十代見当だ。唇が分厚い。背は低いが、腕が太くて力は強そうである。男は、茶屋たちのようすを物陰から見ていたようだ。

「ご住職でしょうか？」

茶屋がいった。遥は彼の背中へ隠れた。

「そう。あなたは？」

太くて地に響くような声だ。

茶屋は名刺を渡した。

「名前しか刷っていないが、なにをしている人ですか、あなたは？」

茶屋は、旅行作家だと仕事の内容をかいつまんで答えた。

「ご用は？」

住職は不愛想だ。

「七年ほど前までですが、こちらに、前田正知さんという人が住んでいたことがありましたね？」

「いません」

「こちらに住んでいるのを、見た人がいるんです」

「人ちがいでしょ。そんな名前の人は、知りません」

茶屋は、前田の写真を出して見せた。

住職は写真を手に取らず、ちらっと見ただけで、見憶えのない人だと答えた。

「おかしいですね。この写真の人は、二年間ぐらい、こちらに住んでいたはずです」

「なにを知りたいんです、あなたは？」

「前田正知さんが住んでいた証拠を。あるいは住んでいたことを証言してくださる方を」

「とにかく、そういう人はここにはいなかった」

住職は、茶屋たちを追い払うようないいかたをした。

「こちらのお寺は変わった名ですが、宗派は？」

「宗派は、ない」

住職は、棒をにぎり直した。

遥がまた茶屋の裾をつかんで引っ張った。二人は逃げるように砂利を踏んだ。
五、六〇メートルはなれると夢煙寺のほうを振り返った。追ってくる者はいなかった。
辺りでは一段と大きい門構えの家の前へ黒い乗用車がとまると、夫婦と思われる高齢の二人が降りた。

茶屋は名乗って、夢煙寺とはどういう寺なのかと尋ねた。

「ご不審をお持ちになられたんですね」

髪の白い女性のほうがいった。

「住職に会って、あの寺に一時住んでいた男のことを訊こうとしましたが、けんもほろろに追い返されました」

宗派がないのも妙だ、と茶屋はいった。

「あそこは普通のお寺じゃないんですよ。墓地もありません。俗にいう駆け込み寺です。行き場に困った人を、ある期間住まわせているんです。それも貧しい人を救ってあげるのではなく、一時の行き場を失った人から大枚を受け取って、かくまってやっているんです。去年のいまごろまで、かつては映画やテレビで活躍していた俳優が住んでいました。世間に姿を見せたくない事情があったんでしょうね」

上質な服装の夫のほうがいった。

茶屋は、前田正知の写真を老夫婦に見せた。二人はじっと見ていたが、見憶えがないと答えた。

前田は人目を気にしていたはずだ。なにしろ死んだと思われていた男だったのだ。極力外出を避けていたのではないだろうか。

比較的近くの住人である清須佳則には決まった仕事がないので、付近を歩いたり、自転車で走ったりしていた。それで前田の姿を見掛ける機会が多かったのだろう。それに彼からは土屋美沙紀に抱いた恋心が冷めなかった。そういう美沙紀のところを前田は訪ねていた。彼は彼女と親しげな関係を保ちながら、この世から彼女を抹殺《まっさつ》する機会を狙っていたようだ。

茶屋と遥は、ゆっくりと夕食をした。茶屋はもうひと仕事があるのでといって、遥をホテルへ帰した。

「わたしがお邪魔になるようなお仕事ですか?」

遥は眉をぴくりと動かした。人に抵抗するさいの彼女特有の表情だ。

「今夜は遅くなりそうだ。仕事の結果はあしたの朝、話す」

二人は酒を飲まなかった。ホテルにもどった遥は、最上階のバーラウンジへでもいって、グラスをかたむけることだろう。

茶屋は、前田江莉の帰宅を、彼女の自宅付近で待つつもりだ。

江莉はレストランを午後八時半ごろに退けるということだった。遅くとも九時半ごろには帰宅するのではないか。

彼女が住む六階建てのマンションの窓には、茶屋がそこを見上げているうちに灯りが増えていった。車で帰ってくる人もいて、マンション隣接の駐車場には車の数が増えてきた。

茶屋の予想ははずれて、十時をまわったが、江莉の姿は灯りが煌々《こうこう》と点いている玄関にあらわれなかった。彼女の部屋は三階で、東から二番目だ。その部屋の両隣の窓からは薄い灯りが漏れている。

十一時になった。彼女には帰宅しない日があるのだろうか。あらためて出直そうかと思ったとき、白っぽいヨーロッパ系の乗用車が、マンションの入口の少し手前でとまった。運転してきたのは男性。助手席は女性だった。茶屋はその車を後ろから見ていた。男女の黒い影が重なった。唇を重ねながら男が女性の髪を撫でたのが分かった。二十秒ほどで二人の影が割れ、女性が車を降りた。胸の前で手を振った。男は女性のほうを向いた。一瞬だったが、茶屋にはそれがだれなのか分かった。男は、M&M設計事務所長の森野幹男で、女性は前田江莉であった。車が走り去ると彼女は、マンションの玄関へ駆け込んだ。十一時十分だった。

江莉に会うつもりで張り込んでいたのだったが、深夜であるのを考えてやめにした。

森野には、あした会うつもりだ。

今夜は思いがけないことを知った。森野と江莉の間柄はいつからなのか。もしかしたら、前田正知が行方不明になる前からかもしれない。

白いジャケットに身を包んで、レストランの客に愛想をふりまいている江莉の姿が、薄墨をかぶったように見えはじめた。

深夜のホテルにもどって、シャワーを浴びると茶屋は、細谷水砂がレストランのマネージャーの江莉を見て、七年前の例の事件が発生する直前を思い出した場面を、原稿にした。ネオンがぎらつく盛り場には似合わない端正な女性が、独りで歩いているのを、水砂は眺めていた。見憶えのある女性だったからだ。どこで見掛けたのかがすぐには分からなかったが、眺めているうちに、レストランで、客に挨拶してまわっていたスマートな人だったのを思い出した。それから数十分後、見慣れていたホテルが燃えた——


きょうの広島は気温が高くなると、朝のテレビは報じていた。

遥は、午後一時までに原稿を書いて、会社へ送る仕事があるので、ホテルに残るといった。茶屋はジャケットをつかんでタクシーに乗った。午前十一時に、M&M設計事務所が入っているビルの一階のカフェで、森野幹男と会う約束ができていた。

茶屋より五分ばかり遅れて、長身の森野が入ってきた。腕は陽焼けしているが左手の甲だけが白かった。ゴルフをやっているからだろう。

「茶屋さんは、何日間も広島にいるんですね」

森野はあらためて茶屋の素性をうかがうような顔つきをした。

「つぎつぎにいろんなことが分かってくるものですから、目がはなせません」

「いろんなことといいますと?」

「前田正知さんが、亡くなられるまでの約二年間、住んでいたところが分かりました」

「前田が……」

森野は眉間に立てた二本の皺を深くした。

「西川口町のお寺でした」

「お寺に……」

「森野さんは、それをご存じだったのではありませんか」

「知りません。なんというお寺にですか？」

「夢煙寺といって、どの宗派にも属していない寺ということです。どうやらその寺は、世間から身を隠さなくてはならない事情のある人が、息を殺して潜《ひそ》んでいる場所のようです。そういう人たちのために建てられた寺で、寺というのは、じつは隠れ蓑《みの》。隠れていたい事情によって、滞在の金額が異なるものと思われます。……前田さんは、自由に遣える金を持っていましたか？」

「私は、知りません」

「前田さんの奥さんだった江莉さんは、夢煙寺に前田さんが潜んでいたのを知っていました」

「彼女が？」

「江莉さんはそのことを、森野さんには話していたと思いますが」

「いいえ。どうして彼女が、私に？」

「森野さんと江莉さんは、なんでも話し合える間柄だと思うからです」

森野は茶屋の顔から視線を動かした。甲の白いほうの手で顎を撫でた。

「茶屋さんは、けさの電話で、私に重大な話があるといわれた。それを話してください」

「いま申し上げたことがそれです。森野さんにとっても重大なことではありませんか。前田さんは、世間を欺《あざむ》いて、じつは市内の怪しげな寺に潜んでいた。それを知った人の口から口へと伝わって、江莉さんの耳にも達した。彼女は人の話の真偽を確かめるために、その寺をそっと見にいき、夫である前田さんの姿を確認した。前田さんには、死んだふりをして、やらなくてはならないことがひとつあった。彼は、江莉さんよりも前に知り合い、結婚を話し合った女性がいた。土屋美沙紀さんという歯科医院勤務の人です。美沙紀さんを、森野さんはご存じだったのではありませんか？」

「知りません」

森野の声はとがっていた。

「美沙紀さんは、前田さんと一緒に山に登り、前田さんに山中へ置き去りにされて、亡くなった。ニュースで土屋美沙紀さんの名を見たか、聴いたとき、加害者は前田さんだと、森野さんはお察しになったことでしょうね」

「知らない人です」

「美沙紀さんは、生真面目でおとなしげにみえましたが、執念深く前田さんを追いかけていた女性です。前田さんが仕事のうえで一段ずつ上昇しようとするさい、その前へ立ちふさがっていた。彼女は一生涯、それをつづけるつもりだったのかもしれません。それを知った前田さんは、自ら将来を絶ち切った。死んだふりをして、彼女との関係を元にもどした。元にもどしたのは見せかけであって、彼女をこの世から消す機会を狙っていたものと思われます。高い山の、人の踏み込まないところへ置き去りにすれば、彼女は永久に見つからないと考えたんじゃないでしょうか。そして、ほとぼりが冷めた頃に、記憶喪失だったとでも言って、ひょっこり戻ってくる予定だった。それはすべて、あなたの指示でやったことではありませんか?」

「茶屋さんは、現実ばなれした想像から想像を追いかけ、実際にあったような像を創《つく》り上げている。それがあなたの仕事なんでしょうが、それに合わせて、時間をさくほど私は暇じゃない。思いつきや、夢で見たことで、私に電話したり、呼び出したりしないでください」

森野は立ち上がると、二つに折った千円札をテーブルに置いて出ていってしまった。しかし、その背中の肩のあたりは小刻みに震えていた。

茶屋が冷めたコーヒーを飲み干したところへ、遥が電話をよこした。原稿を書き上げて会社へ送信したので、

「お昼は、どこで、なににしましょうか?」

と、楽しげないいかたをした。

「私は腹をすかしていない」

「そんな、お昼はどちらでもいいっていってるようないいかたをしないでください。わたしは、先生と一緒に食事をしたいんです。独りより二人のほうが、おいしいに決まっていますので」

6

レストランのエスターテは、昼どきで混雑していると思ったが、茶屋は電話を掛けてマネージャーを呼んでもらった。

「お待たせいたしました。前田でございます」

明るい声だ。相手が茶屋だとは思っていなかったろう。

「重大な話があります」

「脅すようなことを、おっしゃらないでください」

「あなたにとって重大なことを、話したい」

茶屋は、「早く」といった。

前田江莉は密やかな声になって、広島テレビの斜め前のカフェを指定した。そこは彼女が勤めているレストランとは東に三〇〇メートルほどはなれている。

三十分後、江莉は、木の下で花束を持った少女の絵が飾られた壁を向いてすわっていた。藤色のシャツの背中が細波《さざなみ》を立てているように見えた。

茶屋が正面に腰掛けると、彼女は怯えるような目をした。白いハンカチをにぎっている。

彼女の前へ、冷たい紅茶が運ばれてきた。茶屋はアイスコーヒーを頼んだ。

「お忙しいでしょうから、早速本題に入ります」

彼女は、ちらっと茶屋の表情をうかがう目つきをしてから、視線を下げた。

「宮島の海から姿を消した前田正知さんが、身を隠していた場所を、あなたはご存じでしたね?」

「前田が。……いいえ」

「あなたは否定すると思いました。知っていたというと、次に起こったことも、知っていたことになるので」

彼女の手が動いた。左手でにぎっていたハンカチを右手に移した。

「西川口町の夢煙寺が、どういう寺なのかを、知っていましたか？」

「いいえ」

「その寺の裏のほうの離れ屋に、前田さんが潜んでいたのを、確認されましたね？」

「そんなところ、知りませんし、いったことも……」

彼女は紙をこするような小さい声になった。

「土屋美沙紀さんを知っていましたか？」

「知りません」

「あなたが前田さんと結婚される前、前田さんが親しくしていた人です。なにかで名前をお聞きになったことはあったでしょうね」

「聞いた憶えはありません」


きょうの江莉は、茶屋のいうことすべてを否定しそうだ。否定されてもかまわなかった。彼が調べて知り得たことを、彼女の耳には入れておきたかった。

「七年前の七月二日の夜八時ごろ、あなたは流川町の飲食店街を北へ向かって歩き、セシールというホテルの手前で引き返して、右折し、次の角をまた右に曲がった。その道の右側の角から三軒目は本山という薬局です。それは憶えているでしょうね？」

「流川町なんて、わたしはいったことがありません」

「いったことのない人が、前田正知さんが亡くなった夜の防犯カメラに、映っているんですよ。本山薬局の主人は、その夜、燃料用アルコールを買った女性は、銀色のクサリに玉と十字形、トップの十字形には龍か蛇が巻きついているネックレスをしていたのを、はっきり記憶しているんです。あなたはそういうネックレスをお持ちでしょうね」

「持っていません」

彼女は、首と肩を横に振った。きょうの彼女の襟元を飾っているのは、燻《いぶ》したような色のクサリだ。クサリには緑色の小さな石がいくつも連なっている。

「おとといの、私たちのディナーはエスターテで、梁部かるたさんと一緒でした」

江莉はわずかに顎を動かした。

「かるたさんの右側にいた人を、憶えていますか？」

「若い女性だったことだけは」

「細谷水砂さんという名には？」

「さあ」

「七年前の七月二日の夜、ホテル・セシールへ放火したという罪を着せられて、七年近く、服役していた人です。その火事で細谷水砂さんは、お母さんを亡くしました。容子さんという名のお母さんは、一人娘の水砂さんへの誕生日プレゼントを持っていた。彼女はプレゼントを持って、近くの店で働いている娘に会うつもりだったが、歩いているうちに体調が急変した。すぐ近くにホテルがあったので、そこへ入って休むことにした。二階の客室のベッドで寝ていたら非常ベルが鳴ったので、廊下へ出たが、煙を吸ってしまったために意識を失った。……焼け跡からは、それより二年前に行方が分からなくなっていた前田正知さんも、遺体で見つかった」

江莉は下を向いてハンカチを口に押しつけた。唇の震えを隠しているようだった。

「私はこれから……」

茶屋はテーブルの伝票をつかんだ。江莉は顔を上げた。彼にすがりつくような目をして立ち上がろうとしたが、めまいでも起こしたのか、ハンカチを額にあててすわり直した。仕事や、自分の役職や、周りの人びとの顔が一挙に浮かんだのではないか。

茶屋は、江莉がいいたいことを聞くつもりで顔をじっと見ていた。見ているうちに彼女の顔は血の気を失った。これから彼がいこうとしているところへ、一緒にいくといい出すのを期待したが、彼女は立ち上がらなかった。彼は彼女をそこへ置き去りにした。レジの前で江莉を振り返った。彼女がひとまわり小さくなったように見えた。

茶屋は、広島中央署へ向かう途中で、宮島のホテルに勤めている細谷水砂にメールを送った。前田江莉は犯行を認めなかったが、彼女のこれまでを警察で話す、と書いた。

広島中央署に着くと、受付で村上刑事に会いにきたことを告げた。五分ばかりするときのうと同じように上杉刑事があらわれて、小会議室へ案内された。上杉のもの腰も言葉遣いもきのうとはちがっている。きのうは、『ご用はなんです』と訊いたが、きょうは、『ご苦労さまです』といわれた。

村上がやってきた。「暑いのに、毎日ご苦労さまです」彼は両手をズボンの縫い目にあてて、四十五度に腰を折った。

女性職員がお茶を運んできた。彼女の後ろを追うように白髪まじりの頭の副署長が入ってきて、「お忙しいところをどうも」といった。茶屋は彼らに呼ばれたわけではなかった。村上たちが茶屋を呼んだものと副署長は勘ちがいしているのだろうか。

茶屋は取材ノートを前に置くと、一つ咳を払った。テーブルの向こう側に並んだ三人の視線は、茶屋のノートに注がれた。

「中区西川口町、天満川左岸近くの一角です。そこに夢煙寺という寺があるのを、ご存じですか?」

茶屋がいうと、三人は顔を見合わせた。知らないという顔である。

「私がみるにその寺は、寺らしくない寺なんです」

「寺らしくないとは?」

村上が丸い目をした。

茶屋は、小ぢんまりとした本堂と木立ちのなかの建物のもようを話し、住職だと名乗った男に会ったが、仏教の宗派には属していないといっているといった。

「本堂のなかを見ましたか?」

「いいえ。扉は固く閉ざされていましたので」

茶屋は、九年前の夏、宮島でヨットを操っているうち姿が見えなくなった前田正知を憶えているか、と三人に訊いた。

　行方不明になった前田は、夢煙寺に潜んでいた。そして結婚前に付合っていた土屋美沙紀と縒《より》をもどすように親しくしていた。前田が美沙紀の住所へ通っていたのだ。

「前田という男は、妻と別れたかったので、海で死んだように装《よそお》ったんですね」

　上杉が茶屋をにらみつけるような表情をしていった。

「そうではなかったようです」

「以前付合っていた土屋美沙紀を忘れることができなかった、ということですか」

「いや、前田は、美沙紀を抹殺する機会を狙い、その方法を練っていたものと私はにらんでいます」

「彼女を殺すために、寺に身を隠していた」

「いまから八年前のことです。前田が行方をくらまして一年経ってました。彼は美沙紀を伴って、長野県の宝剣岳に登りました。彼女は初登山でした」

「宝剣岳といったら、標高三千メートル近い山です」

　上杉は登山をするのか、山岳事情に通じていそうだ。

「前田は、登山届を出さずに入山して、天候が崩れた山中へ彼女を置き去りにしたんです。テントを持っていない彼女は、雨でずぶ濡れになりながら、岩山をさまよい歩いていたようです。迷いながら歩いているうちに、登山道に近いところに着いたが、力尽きて動けなくなった。そこを通りかかったパーティーに発見されて、千畳敷のホテルに運ばれたが、途中で息を引き取った。死ぬ直前に彼女はパーティーの人たちに、『わたしは山へ棄てられた』といい遺した。それで彼女を救出した一行は、同行者がいたことを知ったんです」

「前田は、なぜ結婚前に親しくしていた女性を、殺す気になったんでしょうか?」

　村上が首をかしげた。

「前田も最初は、美沙紀と結婚するつもりだったんじゃないでしょうか。二人は結婚を約束したわけではないが、美沙紀は彼と結婚するものと思い込んでいたのかも。ところが前田は心変わりした。江莉と出会うと美沙紀のことを忘れたように江莉に夢中になって、そのままゴールインした。そういう前田を美沙紀は赦《ゆる》せなかった。なにかにつけ前田がすすもうとする道に立ちふさがった」

「茶屋さんは、まるで前田か美沙紀から直接話を聞いたようではありませんか」

「調べた結果の推測です。前田と美沙紀のことについては、前田江莉が知っているはずですから、彼女から詳しく訊いてください」

「美沙紀という女性は……」

　上杉はメモを取っていたが、ペンの頭を額にあてて考え顔をした。「美沙紀は、前田が宮島の海で行方不明になったことを、知っていたでしょうね」

「知っていたはずです。彼女は、死んだふりまでしてもどってきてくれた前田が、うれしかったんじゃないでしょうか。世間から存在を消した男を嫌う者もいるでしょうが、美沙紀は前田を歓迎した。もしかしたら彼女は、自分が住んでいるところの近くに、身を隠すことのできる寺があるのを、前田に教えたのかもしれません」

「考えられる」

　村上が、唸るような声を出した。

「ところで、前田江莉です」

　茶屋があらためて氏名を口にすると、三人は彼に注目した。「彼女は、夫の前田の隠れ処《が》を知っていました」

「前田が連絡したんですか？」

「土屋美沙紀を好きになって、彼女の日常をうかがっていた男が、彼女の部屋を訪ねてくる男、つまり前田の居所を知ったんです。その男の名は清須佳則。彼は美沙紀が死亡した経緯《いきさつ》を知っていたし、江莉の友だちに、美沙紀を死なせたのは前田であることを、におわすような電話をしていました」

上杉は、清須佳則の名と住所をメモしたようだ。

「美沙紀を死なせたあとの前田は、それこそ死んだように、ひっそりと暮らしていたようでしたが、人目をしのんでは、繁華街へ出てきていたんでしょうね」

「どうして、それが？」

村上の瞳が光った。

「七年前の七月二日の夜、前田が流川町へ出てくるのを、江莉に知らせた者がいたにちがいないと私はみています。それが、裏でこの事件を計画し、操った、前田の同僚だった森野でしょう。彼は、広島屈指の建築物のコンペを、前田の過去のせいで落選するのは避けたかったから、前田に金を渡して過去を清算し、ほとぼりが冷めるまで身を隠すように言ったのです。そして、それと同時に江莉も手に入れた。しかし、度々いつになれば復帰できるのかという前田が、うっとうしくなった。それで、何かを勘付き始めていた江莉に情報を流し、同時に前田に女をあてがい、ホテルへ行かせたのでしょう。森野は、どこかで江莉が前田にまだ気があったのに気づいていたから、すべてを始末するのに丁度いい、と考えたはずです。……あの夜、江莉は死んだふりをしている夫が、若い女性とまさかラブホテルに入ることまでは予想しなかったのでしょう。ときどき盛り場へ出没しているらしいという情報は耳にしていても、目的のはっきりしているところへ入ったのを目のあたりにしたので、頭に火がついたんだと思います。……そのホテルに、体調が悪くなったために、一時寝んでいた女性がいたことなどは、想像しなかったでしょう」

茶屋は、取材ノートを閉じて立ち上がった。

「罪のない若い女性を、七年ものあいだ、服役させる結果になったのは、なぜだったかを、みなさんでよく考えてください」

三人の警察官は顔を伏せた。三人は、問題の事件の捜査に携《たずさ》わったこともなかったし、細谷水砂と接触したこともなかった。彼らはいまから、問題の事件を掘り返してみるだろうか。

7

細谷水砂は、元安川の船着場へ宮島からの白い船で着いた。茶屋と遥は、一段高い岸辺で船の到着を待っていた。

船を降りた水砂は、桟橋を渡りながら、岸辺のカフェをちらっとのぞくような格好をした。その店にはかつてマリンバで同僚だった志津が、ウェイトレスとして働いている。現在の水砂は、志津のことをどう思っているのか、彼女に声を掛けようとはしなかった。

三人は元安橋に立った。水砂はここへくるとかならずやることがあるといった。橋の中心部で欄干《らんかん》に寄ると、原爆ドームを向いて手を合わせた。反対側の欄干へ移ると、平和の灯がゆらゆらと燃えている平和記念公園のほうへ手を合わせた。茶屋も遥も、水砂に倣《なら》った。元安川は、岸辺に立ち並んでいるビルの灯りを揺らして静かに流れていた。その流れを見下ろしている人たちがいる。ひとかたまりの人たちの中央で、手ぶりを交えてさかんに話している男がいた。七十余年前の夏の日を語り聞かせているようだった。

三人は紙屋町の店でお好み焼きを食べながらビールを飲んだ。茶屋は、森野幹男と前田江莉に会ったあと、広島中央署へいって、副署長と二人の刑事に会って話した内容を、水砂に伝えた。茶屋の頰に伝

った汗を、遥がおしぼりで拭った。水砂は茶屋にからだを向けると、

「茶屋先生に話してよかった」

といって深ぶかと頭を下げた。が、起こした顔は唇を嚙んでいた。

遥は腹をさすった。もう食い物は要らないが酒は欲しいといっていた。レーガンヒロシマのバーで、ウイスキーかワインを飲みたいといい出すにちがいなかった。

店を出てホテルへ足を向けかけたが、水砂が、

「いったことはありませんが、ちょっとのぞいてみたい店があるんです」

と、遠慮がちにいった。

「この近く?」

茶屋は水砂の横顔を見つめた。

「胡町《えびすちょう》で、スナックだそうです」

「なぜ、いってみたいの?」

「その店へいくと、父のことが少しは分かりそうなんです。説休先生が教えてくれました」

そこへいってみようということになり、東を向いた。

水砂の父親は景一郎という名で、現在六十八歳のはずである。水砂の記憶はおぼろげだが、彼女が小学生か中学生のころ、ぷつりと家へ帰ってこなくなった。景一郎の職業は建築大工だ。仕事のうえで彼のことを知っている新田建設の社長によると、働くことは嫌いだが腕のいい職人だということだった。景一郎は家族のことなど考えたことのないような気《き》儘《まま》な男だから、几帳面で、多少口うるさい妻の容子の愚痴を聞くのが嫌になって、家へ帰らなくなったのではといわれている。働くことは嫌いだが、温泉が好きで、あちらこちらの温泉地へいっては、朝から酒を飲んでいた。新田社長によると、腕のたしかな大工というのは、どこへいっても仕事には困らない。訪ねた土地の工務店へいけば、その日からでも仕事に就けるらしい。

目的の店は見つかった。スナックではなく「季《き》房《ぼう》」という小料理屋風の店で、五十半ばの女将《おかみ》と二十歳そこそこの女性がカウンターのなかに立っていた。客はいなかった。

まず水砂が店へ一歩入って、

「細谷景一郎さんがくる店は、こちらでしょうか?」

と尋ねた。

「たまにお見えになりますよ」

女将がそういって、水砂の全身を見まわした。なにかいいたそうだが、水砂の出かたを待っているようでもあった。

水砂をはさんで三人はカウンターに並んだ。女将も若いコも、妙な人たちだと思ったにちがいない。

棚には地元産の日本酒とウイスキーのボトルが、ぎっしりと並んでいる。三人は日本酒を頼んだ。水砂は酒のびんが並んだ棚を見ていたが、一点をにらむと、そこを指差した。オレンジ色のラベルのウイスキーのボトルだ。

女将は棚に手を伸ばして、そのボトルの向きを直した。ボトルの腹には白い字で「景一郎さま」と書いてある。

「細谷さんとは、お知り合いですか?」

女将は目を細めると、水砂に訊いた。

「ええ、まあ」

水砂は曖昧《あいまい》な答えかたをした。

「細谷さん、今月はお見えになっていません。そろそろお見えになるころでは」

そういうと女将は、水砂の顔をまじまじと見つめた。

新田社長の話だと、景一郎は新聞をめったに読まないし、社会の出来事や事件にも関心がなくて無頓《むとん》着《ちゃく》な人ということだった。彼は、戸籍上の妻・容子が事件の犠牲になって世を去ったことも、娘の水砂が無実の罪を着せられたことも、あるいは知らないのではないか。仕事がすめば、温泉に浸《つか》って酒を飲んで眠るという、その日暮らしが苦にならないという人はいるものなのだ。

「細谷さんは、広島に住んでいるんですか？」

茶屋が女将に訊いた。

「お住まいは広島ではないようです。この前お見えになったときは、松山にいるとおっしゃっていました。七、八年前だったでしょうか、インドネシアやタイへ、学校の建て替え工事にいっていたようでした。広島で仕事をしているあいだは、ちょくちょくうちへ寄ってくれるんです。広島には、お友だちとか、お仕事仲間はいらっしゃらないのか、いつもお独りです」

景一郎はこの店へ、かれこれ十五、六年通ってきているという。

「わたしが、小学生のころから……」

水砂がつぶやくと女将は、彼女の顔からなにかをさぐるような目をした。

女将はつまみを三人の前へ置いた。手を動かすたびに水砂の顔をうかがった。水砂の顔の造りの一点からなにかを感じ取ったようでもあった。いつの日か、景一郎がカウンターにとまったら、こういう歳格好のこういう器量をした若い女性がきて、『棚のボトルを見ながら、細谷さんのことを訊いていました』と話すにちがいない。


茶屋次郎の「水の都広島」の連載第一回が載った「女性サンデー」が事務所に届いた日、梁部説休からの手紙を受け取った。それには、呉市の病院で治療を受けている首藤進に関することが述べられていた。先日、見舞にいった母親に彼は、ビルの屋上から非常階段へ突き落とした者の名を口にした、それを聞いた母親は、息子がいったことを広島中央署に伝えたという。首藤が口にしたのは女性の名だったが、細谷水砂ではなかった、と書いてあった。

参考文献
『日本史広辞典』（山川出版社）

著者注・この作品はフィクションであり、登場する人物および団体は、すべて実在するものといっさい関係ありません。

ノン・ノベル百字書評

キリトリ線

なぜ本書をお買いになりましたか(新聞、雑誌名を記入するか、あるいは○をつけてください)

- □ (　　　　　　　　)の広告を見て
- □ (　　　　　　　　)の書評を見て
- □ 知人のすすめで
- □ タイトルに惹かれて
- □ カバーがよかったから
- □ 内容が面白そうだから
- □ 好きな作家だから
- □ 好きな分野の本だから

いつもどんな本を好んで読まれますか(あてはまるものに○をつけてください)

●**小説**　推理　伝奇　アクション　官能　冒険　ユーモア　時代・歴史
恋愛　ホラー　その他(具体的に　　　　　　　　)

●**小説以外**　エッセイ　手記　実用書　評伝　ビジネス書　歴史読物
ルポ　その他(具体的に　　　　　　　　)

その他この本についてご意見がありましたらお書きください

最近、印象に残った本をお書きください		ノン・ノベルで読みたい作家をお書きください	

1カ月に何冊本を読みますか	冊	1カ月に本代をいくら使いますか	円	よく読む雑誌は何ですか	

住所					
氏名		職業		年齢	

あなたにお願い

この本をお読みになって、どんな感想をお持ちでしょうか。

この「百字書評」とアンケートを私までいただけたらありがたく存じます。個人名を識別できない形で処理したうえで、今後の企画の参考にさせていただくほか、作者に提供することがあります。

あなたの「百字書評」は新聞・雑誌などを通じて紹介させていただくことがあります。その場合はお礼として、特製図書カードを差しあげます。

前ページの原稿用紙(コピーしたものでも構いません)に書評をお書きのうえ、このページを切り取り、左記へお送りください。祥伝社ホームページからも書き込めます。

〒一〇一―八七〇一
東京都千代田区神田神保町三―三
祥伝社
NON NOVEL編集長　日浦晶仁
☎〇三(三二六五)二〇八〇
http://www.shodensha.co.jp/

NON NOVEL

「ノン・ノベル」創刊にあたって

「ノン・ブック」が生まれてから二年一カ月、ここに姉妹シリーズ「ノン・ノベル」を世に問います。

「ノン・ブック」は既成の価値に〝否定《ノン》〟を発し、人間の明日をささえる新しい喜びを模索するノンフィクションのシリーズです。

「ノン・ノベル」もまた、小説《フィクション》を通して、新しい価値を探っていきたい小説の〝おもしろさ〟とは、世の動きにつれてつねに変化し、新しく発見されてゆくものだと思います。

わが「ノン・ノベル」は、この新しい〝おもしろさ〟発見の営みに全力を傾けます。

ぜひ、あなたのご感想、ご批判をお寄せください。

昭和四十八年一月十五日

NON・NOVEL編集部

NON・NOVEL—1029
長編旅情推理
旅行作家・茶屋次郎の事件簿　安芸広島《あきひろしま》 水《みず》の都《みやこ》の殺人《さつじん》

平成28年7月20日　初版第1刷発行

著　者　梓《あずさ》　林《りん》太《た》郎《ろう》
発行者　辻　浩明
発行所　祥《しょう》伝《でん》社《しゃ》
〒101—8701
東京都千代田区神田神保町 3-3
☎03(3265)2081(販売部)
☎03(3265)2080(編集部)
☎03(3265)3622(業務部)
印　刷　錦明印刷
製　本　関川製本

ISBN978-4-396-21029-8 C0293

祥伝社のホームページ・http://www.shodensha.co.jp/

造本には十分注意しておりますが、万一、落丁、乱丁などの不良品がありましたら、「業務部」あてにお送り下さい。送料小社負担にてお取り替えいたします。ただし、古書店で購入されたものについてはお取り替え出来ません。